Salim
Alafenisch

Amira.
Im Brautzelt

Zu diesem Buch

Amira, das schönste Mädchen der Wüste, konnte sich vor Bewerbern kaum retten. Nach gründlicher Prüfung blieben von den vierzig heiratswilligen Männern noch drei übrig. Auf den Rat der Großmutter ließ sie sich von jedem eine Geschichte erzählen. Doch alle drei begeisterten sie gleichermaßen.

Wiederum weiß die Großmutter zu helfen: »Die Gabe eines Erzählers ist nicht anhand *einer* Geschichte zu beurteilen.« Amira bittet Khalil, Nabil und Talal um eine weitere Kostprobe ihrer Erzählkünste. Natürlich hatte jeder gehofft, schon nach der ersten Geschichte Amira für sich gewonnen zu haben. Doch für das schöne Mädchen sind sie bereit, der Bitte nachzukommen. Mit den Tagen werden sie jedoch immer besorgter: Es will ihnen einfach nichts einfallen. Hilfesuchend wenden sich die drei Heiratswilligen an ihre Mütter.

»Alafenischs Geschichten entführen in eine wunderbare und wundersame Welt.« *Hannoversche Allgemeine Zeitung*

Der Autor

Salim Alafenisch wurde 1948 als Sohn eines Beduinenscheichs in der Negev-Wüste geboren. Als Kind hütete er die Kamele seines Vaters, mit vierzehn Jahren lernte er lesen und schreiben. Nach einem einjährigen Aufenthalt am Princeton College in London studierte er Ethnologie, Soziologie und Psychologie in Heidelberg, wo er seit 1973 lebt.

Im Unionsverlag sind außerdem lieferbar: *Amira. Prinzessin der Wüste; Die Feuerprobe; Die acht Frauen des Großvaters; Das Kamel mit dem Nasenring; Der Weihrauchhändler* und *Das versteinerte Zelt.*

Salim Alafenisch

Amira.
Im Brautzelt

Unionsverlag
Zürich

Die Originalausgabe erschien 1998
im Ravensburger Buchverlag, Ravensburg.

Im Internet
Aktuelle Informationen,
Dokumente, Materialien
www.unionsverlag.com

Unionsverlag Taschenbuch 524

Rieterstrasse 18, CH-8027 Zürich
Telefon 0041-44-283 20 00, Fax 0041-44-283 20 01
mail@unionsverlag.ch

Reihengestaltung: Heinz Unternährer
Umschlaggestaltung: Peter Löffelholz
Umschlagfoto: Andrey Kudinov
Druck und Bindung: CPI – Clausen & Bosse, Leck
ISBN 978-3-293-20524-6

Für Hussein und Fatima

Inhalt

Prolog 9

Nabil – Freund der Brüste 57

Talal – Kind der Trage 97

Khalil – Kind der Wiege 118

Prolog

Amira, das Beduinenmädchen vom Stamm der Löwen, war das schönste Mädchen des Zeltlagers. Zu Recht trug sie den Namen Amira, Prinzessin der Wüste.

Junge Männer von nah und fern träumten davon, sich mit ihr zu vermählen. Vierzig Männer warben um sie. Doch sie zögerte. Da Amira nicht nur schön, sondern auch klug war, suchte sie Rat bei ihrer Großmutter.

»Du tust gut daran, wählerisch zu sein«, ermunterte sie die Alte, als Amira ihr eines Tages ihr Herz ausschüttete. »Ein Mann ist nicht wie ein Kleid, das man beliebig austauschen kann. Mit ihm verbringst du ein ganzes Leben, das will gut überlegt sein. Nicht alles, was glänzt, ist Gold. Sieh, diese Kette hat vierzig Perlen, aber nicht alle sind gleich. Erst wenn man sie gegen die Sonne hält, kann man die Edelsteine von den Glasperlen unterscheiden. Und genauso verhält es sich mit den jungen Männern: Die einen taugen, die anderen nicht. Du musst sie prüfen, Amira. Beim nächsten Vollmond sagst du mir, wie viele Perlen übrig geblieben sind!«

Oft saß Amira abends vor dem Zelteingang und

betrachtete den Sternenhimmel: »Wer die Wahl hat, hat die Qual«, dachte sie bei sich. »Wie soll ich unter vierzig Bewerbern den richtigen finden?« Sie dachte angestrengt nach.

Nach dem ersten Vollmond erkundigte sich die Großmutter nach dem Stand der Dinge.

»Du kannst zehn Perlen aus deiner Halskette ausfädeln«, erwiderte Amira und nannte die Gründe, weshalb diese Bewerber nicht infrage kamen. Einer hatte sich als Schwätzer herausgestellt, ein anderer konnte kein Geheimnis für sich behalten und ein dritter hatte eine schrille Stimme.

Im Laufe der Monate schrumpfte die Zahl der Heiratsbewerber weiter, und als im Herbst die Frauen die Zeltbahnen zu weben begannen, waren noch drei Perlen auf der Kette.

»Zwischen den letzten drei jungen Männern kann ich mich nicht entscheiden«, erklärte Amira.

Auf den Rat der Großmutter hin sollte jeder Bewerber Amira eine Geschichte erzählen.

»Du bist das begehrteste Mädchen der Wüste«, sagte die Großmutter. »Deine Brautgabe muss angemessen sein. Kamele, Gold- und Silbermünzen haben ihren Wert, doch sie sind vergänglich. Geschichten hingegen bleiben. Sie werden von Generation zu Generation weitergetragen. Ein Ehemann, der gut Geschichten erzählen kann, wird dir die Langeweile vertreiben.«

Amira fand Gefallen am Vorschlag der Großmutter

und ließ die drei Bewerber wissen, jeder solle für sie eine Geschichte erfinden. Danach wolle sie sich entscheiden.

Die drei Heiratsbewerber erfüllten Amiras Wunsch.

Talal erzählte der Angebeteten seine Geschichte am Fuß der Palme, Khalil trug die Seine in einem kleinen Zelt vor und Nabil verzauberte Amira mit seiner Erzählung am Brunnenrand.

Während die drei voller Hoffnung auf eine Antwort warteten, zerbrach sich Amira den Kopf. Die Großmutter, die die Unruhe des Mädchens spürte, sie aber auch nicht bedrängen wollte, ließ einige Tage verstreichen. Immer wieder streifte sie ihre Enkelin mit einem Seitenblick.

Eines Abends, als die Zeltarbeit getan war, ließ sie sich neben Amira auf dem Teppich nieder. »Amira, höre! Seit die Wasserfluten deine Mutter – gesegnet sei ihre Seele – fortgerissen haben, habe ich dich wie eine Tochter aufgezogen. Hab Vertrauen. Öffne mir dein Herz!«

»Talal, Khalil und Nabil haben mir ihre Geschichten erzählt«, berichtete das Mädchen.

»Und weiter?«

»Ich finde alle drei Geschichten gut.«

Die Großmutter nickte nachdenklich mit dem Kopf. Unter dem Kopfkissen, auf das sie ihren Arm gestützt hatte, kramte sie ihre Pfeife hervor. Sie war länger als die Feuerzange. Unter dem Brustteil ihres Kleides zog sie ihren Tabakbeutel hervor, den sie vor vielen Jahren selbst bestickt hatte. Während sie ihre Pfeife stopfte, ließ sie Amira nicht aus den Augen.

»Für jedes Problem gibt es eine Lösung. Das Leben hat mir reiche Erfahrung beschert. Lass mich nachdenken.« Mit der Feuerzange legte sie ein glühendes Kamelbällchen auf den Pfeifenkopf und nahm einen tiefen Zug.

Amira hustete, als der erste Rauchschwaden sie erreichte.

Die Alte lächelte. »In meinem Alter gönnt man sich ab und zu ein Pfeifchen. Du bist noch jung, auf dich warten andere Vergnügungen.«

Das Mädchen war verlegen.

Die Großmutter räusperte sich. »Höre, mit einer Zeltstange lässt sich kein Zelt bauen. Und wer eine Geschichte erzählt, kann sich noch nicht als Geschichtenerzähler rühmen.«

Amira schaute die Großmutter fragend an.

»Lass deine Heiratsbewerber noch eine Geschichte erzählen. Dann fällt dir vielleicht die Entscheidung leichter.«

»Du könntest recht haben«, murmelte das Mädchen. Amira ließ den drei jungen Männern ihren Wunsch übermitteln. Die drei nahmen die Nachricht mit gemischten Gefühlen entgegen.

Missmutig kommentierte Nabil: »Gibt es keine anderen Aufgaben im Leben, als Geschichten zu erfinden?« Talal erinnerte sich an die Mühe, die ihn die Geschichte gekostet hatte, und hoffte, dass dies die letzte Aufgabe sein würde.

Khalil schließlich war überzeugt, dass dieses Mädchen jede Anstrengung wert sei, und hoffte, aus diesem Wettbewerb als Sieger hervorzugehen.

Die Zeit des Wartens

In der folgenden Nacht lag Amira auf ihrer Matratze und konnte keinen Schlaf finden. Unruhig wälzte sie sich hin und her. Das Meckern der Ziegen und das Bellen des Wachhundes ließen sie immer wieder aufschrecken. Mehrmals erhob sie sich und nahm einen Schluck aus dem Wasserkrug. Erst in den frühen Morgenstunden fielen ihr vor Müdigkeit die Augen zu.

Sie begann zu träumen. Wasserfluten, so hoch wie Zeltstangen, kamen auf das Stammeslager zu. Die Menschen flüchteten auf die umliegenden Hügel. Alle konnten sich retten. Nur ihre Mutter, die dem Esel zu Hilfe eilte, wurde von den Wogen fortgerissen. Der Schrei des Esels riss Amira aus dem Albtraum.

Als das Mädchen die Augen öffnete, stand die Großmutter neben ihrem Schlaflager. »Amira, das Frühstück steht bereit.«

Schlaftrunken erhob sich das Mädchen, trat vor das Zelt und wusch sich Hände und Gesicht. Nachdem sie ihr Schlaflager beiseite geräumt hatte, setzte sie sich an die Feuerstelle. Die Großmutter reichte ihr eine Schale Milch und ein Fladenbrot.

Kurz danach gesellte sich der Vater zu den beiden. Er trank ein Glas Tee, winkte jedoch ab, als die Großmutter ihm ein Fladenbrot und eine Schale mit Ziegenkäse reichen wollte.

»Omar, mein Sohn, warum willst du nicht frühstücken?«

»Ich habe keinen Appetit, Mutter«, gab er zur Antwort. »Das Kamel macht mir Sorgen, es ist krank.« – »Für jede Krankheit gibt es ein Heilmittel, nur gegen das Alter ist kein Kraut gewachsen«, munterte die Großmutter ihren Sohn auf.

Omar erhob sich. »Ich will den Kamelrichter aufsuchen. Er kennt sich am besten mit den Tieren aus.«

Omar kletterte den steinigen Weg zum Hügel hinauf.

»Dein Morgen sei gesegnet«, empfing ihn der Kamelrichter im Scheichzelt. »Setz dich zu uns.«

Der Scheich reichte dem Ankömmling ein Schälchen Kaffee.

»Du bist mir zuvorgekommen, nach dem Morgenkaffee wollte ich dich in deinem Zelt aufsuchen«, wandte sich der Kamelrichter an Omar. »Ich habe gehört, dein Kamel ist krank.«

»Ja, es frisst kaum etwas und leidet an Durchfall«, klagte Omar.

Der Kamelrichter machte ein besorgtes Gesicht. »Gestern Abend war ich bei Ali, seinem Kamel geht es ähnlich wie dem deinen.«

»Gestern habe ich meinen alten Freund, Scheich Zayed, besucht«, schaltete sich der Scheich ein. »Unterwegs kam ich am Weideplatz vorbei. Dort wuchert das verfluchte Kraut, das unseren Tieren Bauchschmerzen bereitet.«

»Bevor die Krankheit um sich greift, müssen wir handeln«, beschied der Kamelrichter. »Die Kamele waren lange nicht auf der Salzweide.«

Der Stammesälteste pflichtete ihm bei: »Die Kräuter auf der Salzweide reinigen die Bäuche der Kamele.« – »Je früher wir handeln, umso besser«, meinte der Karawanenführer. »Morgen brechen wir mit unseren Kamelen zum Toten Meer auf.«

Die Nachricht von der bevorstehenden Wanderschaft verbreitete sich im Zeltlager wie ein Lauffeuer. Das Morgenfeuer war noch nicht gelöscht, da eilte eine Frau mit ihrem schreienden Kind an der Hand zum Zelt des Karawanenführers. »Mein Sohn leidet an einem juckenden Hautausschlag«, redete sie auf den Mann ein und hob das Gewand des Kindes hoch. »Ich habe gehört, dass die Karawane morgen zum Toten Meer aufbricht. Die Hebamme riet mir, das Kind dort baden zu lassen.«

Die Frau war ganz außer Atem.

»Meinetwegen«, brummte der Karawanenführer.

Kaum hatte die Frau das Zelt verlassen, kam die nächste Frau angelaufen. »Mein Kind hat einen feuerroten Hintern, es kratzt sich unaufhörlich und lässt uns in der Nacht nicht schlafen. Ich habe gehört ...«

Der Karawanenführer schlug die Hände über dem Kopf zusammen, als eine dritte Frau auf das Zelt zueilte und schon von Weitem rief: »Oh, Helfer in der Not! Meine Zwillinge haben starken Husten, sie bellen wie die Hunde. Du musst sie mitnehmen.«

Bis zum Abend hatte sich ein gutes Dutzend besorgter Mütter gemeldet, die ihren Nachwuchs zum Toten Meer schicken wollten.

Am Abend saß der Karawanenführer im Scheichzelt und zog aufgeregt an seiner Pfeife. Der Scheich goss ihm ein Schälchen Kaffee ein.

»Morgen wird Hamid, unser Karawanenführer, zum Toten Meer aufbrechen.«

»Das ist keine Neuigkeit«, entgegnete Hamid verstimmt. »Die Nachricht hat sich schneller verbreitet, als mir lieb ist.« Er stützte seinen Kopf in die Hand und schaute auffordernd in die Runde. »Ich habe mehr Kinder als Kamele in meiner Karawane. Sagt mir, bin ich Karawanenführer oder Amme?«

Einige der Anwesenden suchten ihr Lachen zu unterdrücken.

»Habe ich nicht genug mit den Kamelen zu tun?«, ereiferte sich der Karawanenführer. »Die Hebamme soll mit den Kleinen eine eigene Karawane ausrichten.« Der Scheich reichte Hamid eine Hand voll Feigen und klopfte ihm auf die Schulter. »Beruhige dich, Bruder. Wir wissen, dass du ein berühmter Karawanenführer bist, doch du hast auch ein großes Herz.« Der Scheich hielt kurz inne. »Sind die Kamele wichtiger als unsere Kinder?«

Der Karawanenführer rutschte unruhig hin und her.

Der Stammesälteste mischte sich ein: »Die Kinder sind unsere Zukunft, heute tragen wir sie, und morgen werden sie uns tragen.«

»Du hast gut reden«, erwiderte der Angesprochene.

»Du als Stammesältester hockst im Scheichzelt und lässt dich bedienen. Ich als Karawanenführer dagegen trage die Verantwortung für die Karawane.«

»Ich weiß, ich weiß«, sagte der Scheich. »Doch gib deinem Herzen einen Stoß. Ein paar Mädchen und Frauen werden die Kinder begleiten. Du wirst keine Arbeit mit ihnen haben.«

»Also gut«, brummte der Karawanenführer.

Um sich die Zeit des Wartens zu verkürzen, nahm Amira die Gelegenheit wahr, die Karawane zu begleiten. Noch nie hatte sie das Tote Meer gesehen. Voller Spannung sah sie dem Aufbruch entgegen. Am Abend packte sie die Satteltaschen, verstaute ihr Stickzeug und vergaß auch nicht, einen Beutel Rosinen mitzunehmen.

»Bring Salz mit vom Toten Meer!«, rief die Großmutter Amira nach, als das Mädchen am nächsten Morgen mit ihrem Kamel um das Zelt bog.

Am Rande des Zeltlagers zügelte der Karawanenführer sein Kamel und blickte zurück. Er zählte siebenunddreißig Kamele, einen Esel, drei Hirten, vier Frauen, drei Mädchen und ein Dutzend Kinder. Die Zwillinge steckten in den Satteltaschen des Esels, während ihre Mutter auf dem Rücken des Tieres thronte. Die älteren Kinder saßen auf den Reitkörben der Kamele und winkten dem Karawanenführer zu.

»So eine seltsame Karawane habe ich in meinem ganzen Leben noch nie angeführt«, sprach der Alte bei sich und schüttelte den Kopf.

Die Karawane kam nur schleppend voran, da einige Kamele angeschlagen waren. Immer wieder musste Hamid die jungen Kamele zügeln, die allzu forsch vorausliefen.

Vor der großen Mittagshitze erreichten sie eine kleine Oase, die sich zur Rast anbot. Im Schatten der Palmen ließ der Karawanenführer die Tiere niederknien. Die Hirten luden die Satteltaschen ab und tränkten die Tiere. Die Kinder spielten ausgelassen zwischen den Palmenstämmen Fangen. Der junge Said, der wie eine Katze einen Palmenstamm erklommen hatte, bewarf die anderen Kinder mit vertrockneten Datteln.

Während einer der Kamelhirten die Ledersäcke mit Wasser füllte, fachte ein anderer Feuer an. Die Frauen packten ihren Proviant aus, und als der Tee in der Kanne brodelte, fanden sich die Kinder an der Feuerstelle ein. »Ihr seid tapfer«, lobte sie der Karawanenführer. »Bestimmt seid ihr hungrig von der langen Reise.«

Nachdem sich alle gestärkt hatten, bekam jeder noch eine Schale Tee.

Ein neugieriger Knirps wandte sich an Hamid: »Hast du das Tote Meer schon einmal gesehen?«

Der Alte lachte. »Ich war öfter dort, als es mir lieb ist. Unzählige Male habe ich die Salzkarawane dorthin begleitet.«

»Warum heißt das Meer das Tote Meer?«, wollte der Kleine wissen.

»Das Tote Meer ist ein besonderes Meer«, entgegnete Hamid. »Sein Wasser ist so salzig, dass kein Fisch und auch kein anderes Lebewesen darin existieren kann.«

»Ein Meer ohne Fische?«

Der Karawanenführer nickte. »Das Tote Meer liegt tief im Bauch der Erde. Wenn wir in zwei Tagen die Berge hinabklettern, werdet ihr den Druck auf den Ohren spüren! Einmal, als ich vor langer Zeit eine Karawane anführte, stolperte ein Kamel beim Abstieg. Nur mit Mühe konnten wir es vor dem Absturz retten. Und das Salz! In manchen Jahren haben wir mehr als hundert Säcke davon mitgenommen.«

»Was habt ihr mit so viel Salz gemacht?«, schaltete sich ein Mädchen ein.

»Wir haben Salzhandel getrieben. In den Jahren, in denen der Regen ausblieb, konnten wir für Salz Getreide eintauschen. Doch das ist lange her.«

Der Alte blickte versonnen in die Ferne.

»Unser Handel auf den Märkten der Städte florierte, bis eines Tages die Engländer unser Land eroberten. Sie verboten uns, mit dem Salz Handel zu treiben. Schwere Zeiten brachen für uns an. Erwischten die Soldaten einen Salzhändler, so beschlagnahmten sie das Kamel samt der Ladung und steckten den Händler ins Gefängnis.«

Der Karawanenführer gähnte. »Bevor wir aufbrechen, möchte ich mich noch ein wenig ausruhen. Der Weg ist weit und steinig.« Er streckte sich aus, und kurze Zeit später schlief er auch schon.

»Der Alte würde auch im Stehen schlafen«, flüsterte Nura, die Mutter der Zwillinge, Amira ins Ohr. »Er ist an Entbehrungen gewöhnt.«

Am späten Nachmittag zog die Karawane weiter. Der Weg war zwar steinig, doch sie kamen gut voran. Noch vor Einbruch der Dämmerung hielt der Karawanenführer Ausschau nach einem geeigneten Rastplatz. »Dort hinten, unter dem Felsvorsprung, werden wir unser Schlaflager aufbauen«, sagte er und deutete auf eine Schlucht. Er stieg von seinem Kamel ab und steuerte auf sie zu. Am Eingang zur Schlucht deutete er auf ein Aschehäufchen. »Das ist eine gute Feuerstelle«, sagte er. »Unter diesem Felsvorsprung findet jeder einen windgeschützten Platz zum Schlafen.«

Nura, die zwischen zwei großen Steinbrocken ein Plätzchen für sich und ihre Kinder gefunden hatte, winkte Amira zu sich. »Neben uns ist noch ein Platz für dich.« Sie ließ den Sand durch ihre Finger gleiten. »Der Sand ist hier feinkörniger als bei uns.«

Amira entlud ihr Kamel, und nachdem sie ein paar Steine zur Seite geräumt hatte, breitete sie ihr Schaffell aus und legte eine gewobene Decke darauf. Dann begab sie sich zur Feuerstelle.

»Setz dich«, sagte eine Frau, die mit dem Löffel im Topf rührte. »Die Weizensuppe ist gleich fertig.«

»Die Suppe duftet herrlich«, lobte der Karawanenführer, der hinzutrat.

»Ich hatte in meinem Beutel noch eine Handvoll getrockneter Tomaten«, lachte die Frau. »Das gibt der Suppe die richtige Würze. Was noch fehlt ist Salz.« Hamid griff in seine Gewandtasche und zog einen Beutel heraus. »Salz darf nicht fehlen.«

Als die Bäuche satt waren, kauerten sich alle um die Feuerstelle, zogen ihre Umhänge und Mäntel enger um sich und genossen den süßen Tee. Alles war still ringsum, nur das leise Knistern des Feuers war zu vernehmen. Mittlerweile war die Dunkelheit hereingebrochen. »Hörst du den Hund bellen?«, unterbrach Said die Stille.

Der alte Hamid lachte: »Hier leben weit und breit keine Menschen. Es ist kein Hund, sondern ein Fuchs. Vielleicht haben wir ihn von seinem Schlafplatz vertrieben.«

Die Kinder machten große Augen.

»Ihr braucht keine Angst zu haben«, sagte der älteste Hirte, »wir halten Wache.«

»Gibt es hier Räuber?«, wollte Aziza wissen.

»Wenn sich einer hierher verirrt, werden wir ihn gebührend empfangen«, beruhigte sie der Hirte und deutete auf seinen Dolch. »Und eine Feuerwaffe haben wir auch noch!« Er wechselte einen bedeutungsvollen Blick mit dem Karawanenführer. »Du solltest uns etwas erzählen.«

»Du hast recht«, erwiderte dieser. »Erzählen verkürzt die Nacht.« Der Karawanenführer schaute versonnen auf die züngelnden Flammen.

»Da wir auf dem Weg zum Toten Meer, der Quelle des Salzes sind, möchte ich euch etwas über das Salz erzählen.« Der Alte goss sich ein Glas Tee ein und nahm einen kräftigen Schluck. »Viele Geschichten ranken sich um das Salz«, fuhr er fort. »Es ist nicht nur unentbehrlich für unsere Nahrung, es spielt auch eine wichtige Rolle in unseren Sitten und Gebräuchen. Hat ein Besucher im Gastzelt Brot und Salz genossen, so ist er mit dem Gastgeber verbunden. Das bedeutet, dass Frieden zwischen den beiden herrscht.«

Die Zuhörer blickten den Alten aufmerksam an.

»Ich war vierzehn Jahre alt, als sich folgende Geschichte zutrug. Unser Stamm geriet in Streit mit einem benachbarten Zeltlager. Alles fing ganz harmlos an. Zwei Hirten aus den beiden Stämmen wollten im selben Wadi ihre Tiere weiden. Es war eine Stelle, wo besonders saftige Kräuter wuchsen. Der Hirte des Nachbarstammes alarmierte seine Stammesbrüder, die ihm zu Hilfe eilten und unseren Hirten vom Weideplatz vertrieben. Am nächsten Tag begleiteten die Männer unserer Sippe den Hirten und verjagten die Herde des Gegners. Der Streitfall gipfelte in einer Schlägerei zwischen den Angehörigen beider Stämme, bei der es mehrere Verletzte gab.

Der Scheich eines dritten Stammes schaltete sich als Vermittler ein, um den Streit friedlich beizulegen. Doch seine Bemühungen waren erfolglos, die Streithähne wollten nicht voneinander lassen.

Der Konflikt dauerte an, bis ein Mann des Nachbarstammes auf eine kluge Idee verfiel: Er sattelte seine Stute und machte sich auf den Weg in unser Zeltlager. Bevor er unseren Stamm erreichte, verschleierte er sein Gesicht. Schnell wie ein Pfeil ritt er auf das erste Zelt zu.

›Ein Räuber!‹, rief der Scheich und trommelte seine Männer zusammen.

Doch bevor die Reiter den Fremden abfangen konnten, hatte dieser das Zelt schon erreicht. Der Mann lüftete seinen Schleier. ›Ich bitte die Zeltherrin um Salz und Brot!‹

Die Frau überreichte dem Reiter Salz und Brot. Dieser nahm einen Bissen davon.

›Wer ist dieser Reiter?‹, rief der Scheich, der mit seinen Stammesbrüdern auf das Zelt zukam.

›Ich bin Ibrahim ben Abd-Allah vom Stamm der Terabin!‹

Der Stammesführer zuckte unmerklich zusammen. ›Ich habe ihm Salz und Brot gereicht‹, mahnte die Frau. ›Er steht unter meinem Schutz!‹

›Ich kenne die Sitten und Gebräuche der Wüste‹, erwiderte der Scheich unwirsch. ›Komm mit in das Scheichzelt‹, wandte er sich an den Reiter, ›und trage uns dein Anliegen vor.‹

Der Fremde ließ sich nicht zweimal bitten und folgte der Männerschar.

Im Scheichzelt reichte man dem Reiter ein Schälchen Kaffee. Dieser ergriff das Wort:

›Niemand verfolgt mich, und ich bin auch nicht in Not. Vielmehr bin ich gekommen, um den Streit zwischen unseren Stämmen beizulegen. Seit Generationen leben unsere Stämme in guter Nachbarschaft. Soll uns ein solcher Konflikt trennen?‹

›Keiner ist über den Streit glücklich‹, erwiderte der Scheich. ›Ihr habt Verluste zu beklagen, und wir haben Verluste erlitten. Jeder Stamm sollte seine eigene Wunde lecken.‹

Der Reiter nickte.«

Der Karawanenführer schob die Teekanne in die

heiße Asche und schaute in die Runde. »So war das Eis gebrochen, und der Streitfall konnte beigelegt werden.« Als der Alte geendet hatte, suchte jeder seinen Schlafplatz auf und schlüpfte unter seine Decke.

Am dritten Tag zur Zeit des Mittagsgebets erreichte die Karawane den Rand des großen Grabens. In der tiefen Senke erblickten die Reisenden das smaragdgrüne Wasser des Toten Meeres, das von Bergketten umsäumt war.

Die Mutter der Zwillinge war begeistert: »Ein herrlicher Blick! Schaut nur, die Berge sind verschiedenfarbig geschichtet, rosa, lila und ockerfarben.«

»Dieser Blick zieht jeden in den Bann«, erwiderte der Karawanenführer. »Die Landschaft scheint magische Kräfte zu bergen.«

»Möge sie unseren Kindern und unseren Kamelen Heil bringen«, murmelte Nura.

Der Karawanenführer wandte sich an die Mitreisenden: »Das Meer scheint nahe zu sein, doch der Blick trügt. Der Abstieg ist lang und beschwerlich.«

Er winkte einem Hirten zu: »Sallam, du bist der Erfahrenste von allen. Ich führe die Karawane an, und du bildest den Schluss des Zuges. Jeder soll sich merken, wer vor ihm und wer hinter ihm geht.«

Hamid schaute sich um. »Amira, achte auf die Kinder!«, wandte er sich an das Mädchen. »Jeder soll noch einen Schluck Wasser nehmen! Dann beginnen wir mit dem Abstieg.«

Er blickte nach oben und sah zwei Raubvögel, die einen Berggipfel umkreisten. »Diese Vögel sind zu beneiden«, murmelte er. »Wie schwach der Mensch doch dagegen ist! Strecken, für die wir Tage brauchen, legen sie in kurzer Zeit zurück.«

Der Karawanenführer, der über einen reichen Schatz von Erfahrungen verfügte, folgte einem schmalen Pfad, der kaum sichtbar war. Ab und zu drehte er sich nach dem alten Hirten um, der den Zug abschloss. Wenn dieser ihm mit der Hand ein Zeichen gab, so setzte er den Weg fort.

Nachdem sie ein Drittel des Abstiegs geschafft hatten, stießen sie auf einen beschrifteten Felsbrocken. Der Alte stoppte die Karawane und rief nach einem der Jungen: »Ghazi, du hast doch die Koranschule besucht! Kannst du diese Inschrift entziffern?«

Der Junge beugte sich über den Felsbrocken. »Hier steht geschrieben, dass wir uns auf dem Niveau des Meeresspiegels befinden.«

Der Karawanenführer lachte: »Ab jetzt geht es in den Schlund der Erde. Es wird heiß werden!«

»Allahs Augen mögen uns beschützen«, seufzte Amira, die wunde Füße hatte.

Nach geraumer Zeit führte der Pfad durch eine Felsenge, durch die die beladenen Kamele nur mühsam hindurchkamen. Zwei Kinder, die hintereinander auf einem Kamelsattel saßen, machten sich ein Vergnügen daraus, sich mit den Händen an dem Fels festzuhalten.

Dabei verlor das hintere Kind das Gleichgewicht und stürzte zu Boden.

Ein lauter Schrei hallte wider. »Said! Said!«, schrie Amira aus Leibeskräften. Mit letzter Kraft zügelte sie ihr Kamel und sprang zu Boden. »Allah steh uns bei!«, flehte sie, während sie das Kind an sich drückte.

Die Mutter der Zwillinge war schnell zur Stelle. »Mein Fuß! Mein Fuß!«, jammerte Said.

»Du hattest Glück im Unglück«, tröstete Amira den Jungen. »Mein Kamel hat dir nur auf den Fuß getreten, fast hätte es deinen Bauch erwischt.«

Keuchend kämpfte sich der Karawanenführer zur Unfallstelle durch. »Wo tut es dir weh?«, wollte er wissen. Der Junge deutete auf seinen linken Fuß. Der Alte tastete den Fuß ab und drehte das Fußgelenk behutsam hin und her. Said schrie auf.

»Es ist kein Bruch«, stellte der Karawanenführer fest. »Der Fuß ist nur verstaucht. Amira, gib mir deinen Wassersack«, bat der Alte das Mädchen.

Er goss Wasser über den verletzten Fuß, streute Salz darüber und bandagierte ihn mit seinem Kopftuch. »Höre, was ich dir sage«, ermahnte er den Jungen. »Du darfst mit dem Fuß nicht auftreten.«

»Ich nehme ihn zu mir auf das Kamel«, erklärte sich Amira bereit. »Und beim Gehen kann ich ihn stützen.«

»Du hast ein noch schlimmeres Unglück verhindert«, lobte der Karawanenführer Amira, als er Said auf ihr Kamel hob.

Als der Alte wieder die Spitze der Karawane erreicht hatte, sah er, dass sein Kamel in der Zwischenzeit seine Ladung abgeworfen hatte. »Das fehlt mir noch!«, schimpfte er. »Der Scheich hockt in seinem Zelt auf dem Teppich und schlürft seinen gewürzten Kaffee, und ich habe den ganzen Ärger am Hals. Warum bin ich nur Karawanenführer geworden?«

Missmutig lud er die schweren Satteltaschen auf sein Tier. »Das machst du nicht noch einmal«, zürnte er und wischte sich mit einem Zipfel seines Gewandes die Schweißperlen von der Stirn. »In diesen Backofen der Erde muss ich jetzt ohne Kopfbedeckung hinabsteigen. Es fehlt nur noch, dass ich einen Sonnenstich bekomme.«

Aziza kramte in ihrer Brusttasche und zog ein mit Perlen verziertes Taschentuch heraus. »Besser als nichts«, bemerkte sie, als sie dem Karawanenführer das Tuch überreichte.

Brummelnd breitete der Alte das Tuch über seine Glatze und befestigte es mit dem schwarzen Ring, dem Agal.

Amira kamen vor Lachen die Tränen. Die Kinder johlten.

»Bist du ein Mann oder eine Frau?«, rief der Junge, der mit Said gemeinsam auf dem Kamel gesessen hatte. Der Alte wurde puterrot vor Zorn. »Du Satansbraten, wenn du nicht sofort die Klappe hältst, dann lass ich dich als Beute für die Schakale zurück! Euretwegen mache ich mich zum Narren.«

Alle verstummten.

Wortlos drehte sich der Karawanenführer um und gab seinem Reittier einen Hieb.

Als die Abendsonne die Berggipfel in ein rosarotes Licht tauchte, hatte die Karawane die Senke erreicht. »Gelobt sei der Stammesahn!«, seufzte der Alte, »das war ein gefährlicher Abstieg.« Er gab der Karawane ein Zeichen: »Hier werden wir die Zelte aufschlagen. Es gibt Salzpflanzen in Hülle und Fülle, und das Meer ist auch nicht weit.«

Amira blickte wie gebannt auf das Wasser. Es war windstill. Die Wasseroberfläche sah in der Abenddämmerung wie ein Spiegel aus. Sie ließ ihr Kamel niederknien, hob den verletzten Said hoch und setzte ihn in den Sand.

Während die Hirten die Kamele von den Lasten befreiten, begannen die Frauen und Mädchen die Zelte aufzuschlagen.

Der Karawanenführer band den Kamelen die Vorderbeine zusammen. »Jetzt kannst du grasen, so viel du willst«, flüsterte er seinem Tier ins Ohr. »Die Salzpflanzen werden dir guttun.«

Die Kinder, die während der beschwerlichen Reise lange still sitzen mussten, sprangen ausgelassen herum.

»Bald wirst du auch wieder laufen können«, munterte Amira den verletzten Jungen auf.

»Wir machen ein Rennen zum Wasser«, schlug ein Mädchen vor.

»Keiner verlässt den Zeltplatz!«, beschied der Karawanenführer. »Es ist gleich dunkel.«

Der Alte war einsilbig an diesem Abend. Er löffelte seine Linsensuppe und trank seinen Tee. Und nachdem er die Hirten zur Nachtwache eingeteilt hatte, wünschte er allen eine friedliche Nacht und legte sich unter seinem Umhang zur Ruhe.

»Der Karawanenführer hat einen anstrengenden Tag hinter sich«, bemerkte Nura, als sie ein leises Schnarchen hörte.

Amira legte Reisig auf die Glut. »Zeig mir deinen Fuß!«, forderte sie Said auf. Vorsichtig löste sie die Bandage und betrachtete im Feuerschein des lodernden Reisigs den verletzten Fuß. »Er ist schon etwas abgeschwollen. Ich wasche ihn noch einmal mit Salzwasser. In der Nacht brauchen wir die Bandage nicht mehr.« Sie faltete das Tuch sorgfältig zusammen. »Hamid wird sich morgen über seine Kopfbedeckung freuen.«

Said streckte sich aus, Nura deckte ihn mit einem Teppich zu und setzte sich neben ihn. Sie strich dem Jungen über den Kopf: »Morgen kannst du deinen kranken Fuß im Toten Meer baden, und du wirst sehen, bald rennst du wieder wie eine Gazelle.«

Nach und nach fanden sich die Mädchen, Frauen und Kinder bei Amira ein. Sie scharten sich um die Feuerstelle vor dem Zelt. Amira kochte Tee.

Hinter der Bergkette erhob sich der Mond. Seine Silberstrahlen spiegelten sich auf der Wasseroberfläche wider.

»Der Mond sieht größer aus als in unserem Zeltlager«, meinte Said.

»Es ist derselbe Mond«, lächelte Aziza.

Nura tätschelte den verletzten Jungen: »Was siehst du im Mond?«

»Einen Baum.«

»Richtig«, erwiderte die Frau. »Du hast gute Augen.« Die Kinder reckten ihre Hälse und forschten nach dem Baum.

»Es ist der Baum des Lebens«, fuhr Nura fort. »Jeder Mensch hat von Geburt an ein Blatt an diesem Baum. Solange das Blatt festsitzt, lebt der Mensch. Fällt es herunter, so stirbt er.«

»Wo ist mein Blatt?«, erkundigte sich neugierig einer der Zwillinge.

»Mit bloßem Auge ist es nicht zu sehen, doch ich kann dir versichern, dass es festhängt, denn du bist noch jung, mein Kind.«

Der kleine Junge lächelte zufrieden.

»Und wie steht es mit meinem Blatt?«, wollte Said wissen.

»Es hängt sehr fest, nicht einmal dein Sturz konnte es lösen«, beruhigte ihn Amira.

»Und wie ist es mit dem Blatt des Karawanenführers?«, fragte neugierig der andere Zwilling.

»Weißt du, in seinem Alter ist das Blatt angewelkt, und ab und zu wackelt es, doch eine Weile wird es schon noch halten«, schaltete sich eine andere Frau ein. Amira sammelte die Teegläser ein. »Es ist schon spät. Wir sollten uns zur Ruhe begeben. Der Mond und die Hirten werden Wache halten.«

Hamid erwachte am nächsten Morgen als Erster. Leise erhob er sich und schaute nach den Kamelen.

»Eine ruhige Nacht«, sagte der Hirte, der als Letzter Wache geschoben hatte.

Der Karawanenführer nickte. »Du kannst dich jetzt schlafen legen.«

Der Hirte, dessen Augenlider ganz schwer waren, packte unverzüglich seinen Umhang und suchte sein Schlaflager auf.

Hamid ging von Kamel zu Kamel. Einige der Tiere knabberten an den Kräutern und schauten gelangweilt in die Gegend.

»Ihr seid satt«, scherzte er. »Die Reise hat sich schon jetzt gelohnt.«

Die beiden kranken Tiere lagen noch am Boden. Der Karawanenführer schürzte sein Gewand und begann Kräuter auszuzupfen. »Ich sammle Salzpflanzen für euch. In einigen Tagen werdet ihr gesund und kräftig sein.« Bald hörte man das Mahlen der Mäuler. Der Karawanenführer wandte sich von den Kamelen ab und hielt Ausschau nach Brennmaterial. Er fand eine Ladung vertrockneter Kamelbällchen. Er nahm ein Bällchen zwischen Daumen und Zeigefinger und rollte es hin und her. »Ein gutes halbes Jahr«, schätzte er. »Sie werden hervorragend brennen.« Als er auch noch trockene Palmwedel fand, war er zufrieden. »Das wird reichen, bis die Bällchen unserer eigenen Kamele getrocknet sind. Bei dieser Hitze geht das schnell.« Hamid fachte Feuer an, setzte den großen Teekessel auf und molk eine Kamelstute. Dann bereitete er aus Mehl, Salz und Wasser einen Teig, drückte ihn zu einem großen Fladen und schob ihn in die heiße Asche. Nach und nach erwachten die anderen.

Schlaftrunken hob Amira den Kopf und schaute aus dem Zelt. Sie schnüffelte unter ihrer Achsel. »Seit Tagen habe ich mich nicht mehr gewaschen. Ich freue mich auf das Wasser«, sagte sie bei sich.

Sie hörte den Alten rufen: »Das Frühstück ist fertig!« Amira nahm das verletzte Kind hoch und trug es zur Feuerstelle. Der Karawanenführer zog den heißen Fladen aus der Asche, klopfte ihn ab und legte ihn auf einen Stein. Dann streute er Thymian auf den Fladen, zerlegte ihn und reichte jedem ein Stück.

Amira tauchte das noch warme Brot in die Milchschale und verzehrte es genüsslich. »Du bist ein guter Bäcker«, lobte sie den Alten.

»Meine Frau hat mich vor allem deswegen geheiratet, weil ich gut Brot backen kann«, scherzte der Karawanenführer.

»Das ist auch nicht der schlechteste Grund«, kommentierte Nura.

Der Alte reichte dem verletzten Jungen ein zweites Stück Brot. »Dafür bekomme ich mein Kopftuch wieder. Wenn mich hier in der Gegend jemand mit dem Taschentuch auf dem Kopf sieht, ist mein Ruf ruiniert.« Der Alte wandte sich an die Hirten: »Zwei von euch sollen sich um die Kamele kümmern, der Dritte soll die Zelte im Auge behalten.« Dann schaute er sich um: »Wer will mit mir zum Meer kommen?«

Johlend stürzten die Kinder voraus, die Frauen und Mädchen folgten ihnen. Amira stützte Said.

Am Strand warfen die Kinder ihre Gewänder ab und liefen in das Wasser. Der Karawanenführer, der sich beeilt hatte, die Kinder einzuholen, hörte einen lauten Schrei.

»Hilfe! Mein Hintern!«

Der Alte schürzte sein Gewand und zog den Schreihals aus dem Wasser.

»Mein Hintern brennt wie Feuer!«, klagte das Kind. »Dann müssen wir es löschen«, scherzte der Karawanenführer. Er übergab den Kleinen seiner Mutter. »Dort drüben ist eine Quelle mit Süßwasser. Wasch ihm den Hintern!«

»Hört zu!«, rief Hamid dann. »Raus aus dem Wasser, kommt alle zum Strand!«

Die Kinder scharten sich um den Karawanenführer. »Das Wasser ist sehr salzig, passt auf, dass kein Tropfen in eure Augen kommt. Ihr dürft nicht zu wild planschen. Habt ihr mich verstanden?«

Die Kinder johlten: »Ja!«

Der Alte hob den Zeigefinger: »Ihr dürft nur bis zum Bauchnabel ins Wasser gehen.«

»Aber das Salzwasser trägt uns doch«, entgegnete ein Junge.

»Richtig«, erwiderte der Karawanenführer, »trotzdem muss man vorsichtig sein. Es sind hier schon Menschen ertrunken.«

Der Alte schaute sich um. »Ich habe eine Idee.« Er verschwand hinter einem Felsbrocken. Kurze Zeit später kam er wieder und zog einen abgebrochenen Palmenstamm hinter sich her. »Er ist schon hohl, doch für unsere Zwecke gerade richtig.« Er schob den Palmenstamm ins Wasser, hielt ihn an einem Ende fest und forderte die Kinder auf, sich daran festzuklammern.

»Ich bin nicht nur Karawanenführer, sondern auch Bademeister«, scherzte er, als er den Stamm durch das seichte Wasser zog.

Während sich die Kinder vergnügten, saß Said auf einem Steinbrocken und hängte die Füße ins Wasser. Amira suchte sich unterdessen eine abgelegene Stelle und betrachtete versonnen das smaragdgrüne Wasser. Die Morgensonne war gerade über dem Berggipfel aufgegangen. Noch war es angenehm mild. In wenigen Stunden würde die brütende Mittagshitze sie in den Schatten treiben.

Das Mädchen schloss die Augen. Die Aufregungen der Wanderschaft hatten sie abgelenkt, doch in dieser Stille wurden die Erinnerungen wach. Die drei Heiratsbewerber kamen ihr wieder in den Sinn. Würde sie sich dieses Mal entscheiden können?

»Amira! Was sitzt du hier so allein?«

»Oh, Aziza. Ich genieße die Ruhe.«

Das Mädchen trat näher. »Das Meer ist voller Geheimnisse«, sagte Aziza und tauchte ihre Zehen ins Wasser. »Lass uns ins Wasser gehen«, schlug sie vor.

»Ich kann doch nicht schwimmen«, erwiderte Amira. Aziza zuckte mit den Schultern: »Meinst du, ich kann schwimmen? Wir gehen nicht tief in das Wasser. Nur bis zur Brust.«

Amira zog ihr Kleid aus. Aziza schaute sie fragend an. »Hier sieht uns niemand«, ermunterte Amira die Freundin.

Die beiden legten ihre rot bestickten Kleider auf einen Stein, fassten sich an den Händen und gingen Schritt für Schritt in das Wasser. Die Unterkleider klebten ihnen an der Haut. Als das Wasser ihnen bis zur Brust stand, hielten sie inne.

»Weiter traue ich mich nicht hinein«, sagte Aziza. »Wir können die Unterkleider ausziehen«, schlug Amira vor.

»Gut«, erwiderte Aziza, »dann kann ich dir den Rücken waschen.«

Vorsichtig zogen sie die Unterkleider über den Kopf.

Amira hüpfte auf und ab, sodass das Wasser ihre Brüste umspielte. »Deine Brüste sind groß und fest wie Zitronen«, bemerkte Aziza.

»Und deine sind rund wie Granatäpfel«, gab Amira zurück.

Aziza ließ Wasser über Amiras Rücken rinnen und massierte ihr den Nacken. »Das tut gut«, stöhnte diese genussvoll.

»Die Reise war anstrengend, und Said ist auch nicht gerade ein Federgewicht.« Amiras schwarzer Haarzopf schwamm auf dem Wasser. »Ich wasche dich wie eine Braut«, scherzte Aziza.

Amira schwieg.

Nachdem sich die beiden Mädchen eine Zeit lang vergnügt hatten, schlüpften sie aus dem Wasser, zogen sich an und machten sich auf den Weg zu den anderen. Der Palmenstamm lag verlassen am Strand, doch sie hörten das Lachen der Kinder. Sie folgten den Stimmen und waren nicht wenig erstaunt, als sie in einer kleinen Bucht auf die Kinderschar stießen. Der Karawanenführer hatte sie mit Schlamm eingerieben. Sie sahen aus wie eine Herde schwarzer Ziegen. Ausgelassen sprangen die Kleinen umher.

Die beiden Mädchen kicherten. Amira rümpfte die Nase: »Hier stinkt es wie in der Vorhölle!«

Der Karawanenführer lachte: »Das ist der Schwefel in der Luft. Atmet tief durch, das reinigt die Lungen.« Der Alte lächelte schalkhaft: »Wollt ihr auch in den

Schlamm eintauchen? Es gibt nichts Besseres für die Haut. Der Schlamm heilt alle Hautkrankheiten.«

»Nein, danke!«, wehrten die beiden ab.

Die Mädchen setzten sich in den Sand und schauten dem bunten Treiben eine Weile zu. »So wie du dich um die Kinder kümmerst, könntest du der Hebamme zur Hand gehen«, schmunzelte Amira.

»Wenn ich keine Karawanen mehr führen kann, werde ich über deinen Vorschlag nachdenken«, erwiderte der Alte. »Aber ihr könntet mir einen Gefallen tun. Der Schlamm darf nicht zu lange einwirken, sonst brennt die Haut. Führt die Kinder zur Quelle Ain Gedi, Auge des Zickleins, und wascht sie gründlich ab.«

Um die Mittagszeit fanden sich alle in den Zelten ein. Amiras Magen knurrte. »Ich habe Hunger wie ein Löwe«, stöhnte sie.

»Wie schade, dass es hier keine Fische gibt«, bemerkte Aziza.

»Ja, die Meeresluft macht hungrig«, schaltete sich der Karawanenführer ein. »Aber ein Kamel kann ich nicht für euch schlachten, und Ziegen haben wir keine dabei.«

Sallam, der Hirte, meldete sich zu Wort: »Ich habe eine Falle mitgebracht. Am späten Nachmittag versuche ich mein Glück. Bis dahin müsst ihr euch mit Linsensuppe begnügen.«

Als die brütende Mittagshitze vorüber war, nahm der

Hirte seine Falle und verschwand im nahen Wadi. Aufmerksam suchte er den Sand nach Tierspuren ab. Nach einer Weile stieß er auf die Spur eines Dachses. Unweit davon fand er frischen Gazellenkot.

»Eine Gazelle, das wäre ein Festessen«, freute er sich. Er legte die Falle aus, befestigte sie mit Pflöcken in der Erde und bedeckte sie mit trockenen Palmwedeln. Zufrieden legte der Hirte ein großes Stück Fladenbrot darauf.

Am nächsten Morgen suchte der Hirte voller Hoffnung das Wadi auf. Zu seinem Erstaunen war das Brot verschwunden, die Falle jedoch leer.

Als er die Umgebung musterte, stieß er auf die Spur eines Fuchses. »Verdammter Wüstenfuchs!«, murmelte Sallam. Er legte ein neues Stück Brot auf die Falle und kehrte unverrichteter Dinge zu den Zelten zurück.

Die Kinder bestürmten ihn: »Wo ist die Beute?«

»Ein Wüstenfuchs hat sich das Brot geschnappt.«

Die Kinder lachten laut: »Der Fuchs ist eben schlauer als du.«

»Mal ist das Glück aufseiten des Jägers, mal aufseiten des Wildes«, erwiderte der Hirte. »Ein Jäger muss Ausdauer und Geduld haben.«

Am dritten Tag war die Falle zugeschnappt. Als der Hirte einen Steinwurf von ihr entfernt war, sah er ein schwarzes Tier. Sallam tastete nach seinem Dolch. Vorsichtig pirschte er sich an die Falle heran. »Hoffentlich ist es keine Wildkatze«, murmelte er.

Bei näherem Hinsehen erkannte er, dass es sich um ein Stachelschwein handelte. Reglos lag das Tier da. »Es wird doch nicht tot sein«, murmelte er bei sich. »Ein totes Tier können wir nicht essen.«

Er warf einen kleinen Stein in Richtung der Falle. In diesem Moment traf ihn ein Stachel am Arm, ein anderer schoss an seinem Kopf vorbei. Der Arm blutete heftig. »Zumindest ist die Beute lebendig«, tröstete er sich, während er den Stachel aus seinem Arm zog. Notdürftig verband er die Wunde mit seinem Kopftuch.

Sallam verbarg sich hinter einem Felsbrocken und warf von dort aus Steine auf das Tier, und das Stachelschwein antwortete mit Stacheln. Als der Hirte sicher war, dass das Tier kaum mehr Stacheln haben konnte, näherte er sich mit gezücktem Dolch. Mit einem Stoß hatte er seine Beute erlegt. Dann ließ er das Stachelschwein ausbluten, schulterte seine Beute und machte sich mit stolzgeschwellter Brust auf den Rückweg. »Bringt den Esel!«, rief er den Kindern von Weitem zu. »Die Beute ist schwer!«

Als Sallam mit dem Stachelschwein eintraf, lobte der Karawanenführer den Jäger: »Ein Prachtexemplar!« Beim Anblick der Beute begann ihm der Magen zu knurren. »So ein fettes Stachelschwein habe ich schon lange nicht mehr gesehen.«

Während der Karawanenführer sich unverzüglich daran machte, dem Tier die Haut abzuziehen, versorgte Amira die Wunde des Hirten.

Als das Wild zerlegt war, streute Hamid Salz auf die Fleischstücke und legte sie in die Glut. Es zischte. Die Kinder, die mit Fladenbrot in der Hand warteten, ließen die Feuerstelle nicht mehr aus den Augen.

Hamid schichtete die gegrillten Fleischstücke auf eine Steinplatte. »Die erste Runde ist für die Kinder.« Der Hirte lächelte, als er die Kinder mampfen sah. »Dieser Anblick lässt mich die Schmerzen vergessen.«

Als alle satt waren, überreichte der Karawanenführer das restliche Fleisch Nura. »Heute Abend kannst du davon eine leckere Suppe kochen.«

Die Frau streute eine Hand voll Salz auf das Fleisch und verstaute es in einem Gefäß. »Nun wird es bis zum Abend halten.«

So vergingen die Tage. Die Kamele labten sich an den Salzpflanzen, die beiden kranken Tiere wurden nach und nach gesund, und auch Saids Fuß war fast wieder heil.

Die Kinder badeten jeden Tag im Meer. Bald war kein Husten mehr zu hören, und die Hautausschläge verschwanden.

Auch Sallam, der Fallensteller, hatte Glück. Zwei Tage nach seinem ersten Fang fand er ein Kaninchen in der Falle und eine Woche später sogar eine Gazelle. Die Kinder kletterten die Felsen hoch und machten Jagd auf Vögel und ihre Nester. So war der Speiseplan recht abwechslungsreich.

Die Zeit im Bauch der Erde verging wie im Flug.

Eines Abends betrachtete der Karawanenführer den Sternenhimmel. »In drei Tagen ist Vollmond«, gab er bekannt, »dann ist die Zeit zum Aufbruch gekommen. Wir sind seit einem Monat hier.« Er nahm einen Schluck Wasser aus dem Wassersack und fuhr fort: »Die Kinder sind gesund, den Kamelen geht es prächtig, und ich habe Sehnsucht nach meiner Frau.«

»Hamid«, sagte Amira, »meine Großmutter bat mich, ihr ein paar Salzbrocken mitzubringen.«

»Ich kenne eine gute Stelle, wo es viel Salz gibt«, verriet der Karawanenführer. »Wer seinen Beutel füllen möchte, kann dies tun.«

Zwei Tage später brach die Karawane auf, und nach einer dreitägigen Wanderschaft kam sie wohlbehalten im Zeltlager an.

Noch bevor sie am Brunnen anlangte, kamen ihr die ersten Kinder entgegen.

Ein kleiner Junge klemmte den Zipfel seines Gewandes zwischen die Zähne und rannte so schnell ihn seine Beine trugen zum Scheichzelt. »Die Karawane. Die Karawane!«

Die Männer erhoben sich, um die Rückkehrer zu empfangen.

Amira lenkte ihr Kamel vor das Zelt der Großmutter. »Sei willkommen«, begrüßte sie der Vater und griff nach dem Zügel des Kamels. Das Tier ließ sich nieder. »Lass dich anschauen«, sagte der Vater. »Du siehst gut erholt aus.«

»Das kommt von der Luft am Toten Meer«, erwiderte Amira.

Omar reichte seiner Tochter die Hand, und sie stieg ab. Er hob die schweren Satteltaschen vom Kamelrücken und legte den Reitsattel beiseite. Von allen Seiten musterte er das Kamel und griff ihm in die Flanken.

»Bist du zufrieden?«, wollte Amira wissen.

»Mehr als zufrieden! Die Schenkel sind kräftig, der Bauch ist prall, und der Höcker ist aufgerichtet.« Omar lachte: »Die Kur am Toten Meer hat gewirkt, das Kamel strotzt vor Gesundheit.«

Während der Karawanenführer und die Hirten im Scheichzelt empfangen wurden und stolz von der Reise berichteten, begutachtete die Hebamme die kleinen Ausflügler: »Salman, dein Hautausschlag ist verschwunden«, freute sie sich, »und im Übrigen bist du kugelrund geworden.«

»Zum ersten Mal in meinem Leben habe ich Stachelschwein gegessen«, erzählte der Kleine stolz.

»Mein Husten ist auch weg«, krähte der kleine Samir. Nura, die Mutter der Zwillinge, überreichte der Hebamme einen Ziegenfellbalg: »Ich habe ihn mit Wasser vom Toten Meer gefüllt.«

Die Alte bedankte sich: »Bestimmt werde ich deine Gabe brauchen können. Gestern erst bat mich eine Mutter um Hilfe. Ihr Kind leidet an Schuppenflechte.« Nachdem Nura der Hebamme ausführlich von der abenteuerlichen Reise berichtet hatte, erkundigte sie sich ihrerseits nach Neuigkeiten aus dem Zeltlager.

»Alles läuft seinen gewohnten Gang«, berichtete die Hebamme, »nur Haschim und Wadha haben sich zerstritten. Sie beschimpfte ihn als Geizhals, und er schalt sie hochmütig.«

»Bei den beiden gab es schon immer Streit«, kommentierte Nura.

»Dieses Mal ist es ernst. Letzten Freitag hat Haschim Wadha verstoßen. Nach der Scheidung lud Wadha ihre Mitgift auf den Esel und kehrte zu ihrer Sippe zurück.«

»Wie gut, dass Allah den beiden keine Kinder geschenkt hat, so ist die Angelegenheit nur halb so schlimm«, meinte Nura.

Unterdessen hatte Omar seine Tochter in das Zelt geleitet. Er umarmte das Mädchen: »Ich freue mich über deine Rückkehr. Man macht sich Sorgen, solange ein Familienmitglied unterwegs ist.«

»Sorgen?«

»Wenn du einmal Mutter bist, wirst du die Sorgen der Eltern verstehen.« Omar ließ sich auf dem Teppich nieder. »Einst wurde ein Mann, der ein Dutzend Söhne hatte, gefragt, welcher seiner Söhne ihm der liebste sei. Er antwortete: Der Kranke, bis er geheilt ist, und der Wandernde, bis er zurückgekehrt ist.«

Er reichte seiner Tochter eine Tasse Tee. »Setz dich zu mir.«

»Wie gut der duftet«, bemerkte Amira. »Minze haben wir am Toten Meer vermisst.«

»Ich bin neugierig, was sich in deinen Satteltaschen verbirgt«, sagte der Vater. »Sie sind so schwer, als hättest du Steine gesammelt.«

»So etwas Ähnliches«, lachte Amira. »Es sind Salzbrocken. Die Großmutter hatte mich darum gebeten.« Das Mädchen scheuchte ein Huhn beiseite, das laut gackernd über den Teppich trippelte. »Wo ist die Großmutter?«, erkundigte sie sich.

»Seit ein paar Tagen fühlt sich deine Großmutter nicht wohl. Sie hat den Derwisch aufgesucht.«

»Was fehlt ihr?«, wollte Amira wissen.

»Sie klagt über Bauch- und Gliederschmerzen.«

Der Vater nahm den letzten Schluck aus seinem Teeglas und stellte es auf das Tablett zurück. Er spürte, wie beunruhigt das Mädchen war. »Das ist normal in dem Alter«, fügte er hinzu. »Doch nun erzähl mir von der Reise.«

Amira berichtete ausführlich von den Strapazen der Wanderschaft, vom Sturz des kleinen Said, vom Baden im Toten Meer und von dem saftigen Stachelschweinfleisch. Immer wieder stockte sie in ihrer Erzählung. Sie schien nicht ganz bei der Sache zu sein.

Als sie geendet hatte, deutete der Vater zum Zeltausgang. »Da kommt deine Großmutter.«

Gestützt auf ihren Stock und langsam wie eine Schildkröte bewegte sich die Alte auf das Zelt zu. Amira sprang auf und kam der Großmutter zu Hilfe. Die Alte umarmte ihre Enkelin. »Ich habe dich vermisst, mein Kind!« Sie schnappte nach Luft. Amira stützte sie und begleitete sie in das Zelt.

»Mach es dir auf der Matratze bequem«, sagte sie. »Hast du starke Schmerzen?«

»Gestern Nacht habe ich kein Auge zugetan«, berichtete die Großmutter. »Der ganze Körper tut mir weh.«

»Was sagt der Derwisch?«, erkundigte sich Omar.

»Er hat mich geschröpft und mir dann Heilkräuter verabreicht.« Aus ihrer Brusttasche zog sie einen Gegenstand. »Dieses Amulett soll ich tragen.«

»Mit Allahs Hilfe wird es dich heilen«, wünschte Amira. Stolz griff sie in die Satteltaschen und förderte die Salzbrocken zutage.

»Du hast meinen Wunsch nicht vergessen«, lobte die Alte ihre Enkelin. Sie nahm ein Stück in die Hand und leckte daran. »Salz und Brot«, murmelte sie leise vor sich hin. Sie streckte ihre Beine aus. »Wie war die Reise?«

Das Mädchen begann zu erzählen, und die Großmutter hörte zu. Immer wieder schien sie abwesend zu sein. »Der Karawanenführer! Der Karawanenführer!«, wiederholte sie, als Amira ihr von dem Schlammbad der Kinder erzählte. »Ich bin viel älter als er.«

»Wie viel älter?«, wollte Amira wissen.

»Als er zur Welt kam, habe ich bereits die Ziegen zur Weide geführt.«

»Er hüpft wie ein junges Kamel«, bemerkte Amira.

»Er hat Ledersohlen an den Füßen«, lachte Omar. »Hamid hat unzählige Karawanen in seinem Leben angeführt. Das Laufen hält ihn munter.«

Die Alte wackelte mit dem Kopf. »Der Tod holt jeden ein.«

Amira zuckte zusammen: »Der Tod möge fern von dir bleiben, Großmutter.«

»Mutter«, sagte Omar. »Jeder stirbt erst nach Vollendung seiner Tage. Solange das Blatt am Baum des Lebens hängt, droht keine Gefahr. Und wenn sich das Blatt zu lösen beginnt, kann der beste Derwisch der Welt nichts mehr ausrichten.«

Amira schloss die Augen. Vor sich sah sie den Mond mit dem Baum des Lebens. Doch nach dem Blatt der Großmutter hielt sie vergebens Ausschau, alles verschwamm ihr vor den Augen.

Der Vater erhob sich. »Ich will ein Huhn schlachten. Hühnerbrühe wird deine Lebenskräfte wieder wecken, Mutter. Doch jetzt solltest du ein wenig schlafen.«

Amira versuchte beim Kochen möglichst wenig Lärm zu machen. Immer wieder warf sie einen besorgten Blick auf die Kranke. Als die heiße, mit Safran gewürzte Suppe auf dem Feuer stand, weckte Omar seine Mutter.

Sie hatte Mühe, die Augen zu öffnen, die Augenlider hingen schwer herab. Während Omar sie stützte, gab Amira ihr einen Löffel. »Iss, Großmutter. Die Suppe macht dich wieder gesund.«

Nach einigen Löffeln winkte die Großmutter ab, streckte sich auf der Matratze aus und schloss die Augen.

»Der Schlaf heilt«, bemerkte Omar und legte eine Decke über die Alte.

Amira schlug ihr Schlaflager neben dem der Großmutter auf. Lange konnte sie keinen Schlaf finden. Gedanken kreisten in ihrem Kopf. Als sie merkte, dass ihr Vater auch nicht einschlafen konnte, flüsterte sie: »Vater, wäre ich doch nicht auf die Reise gegangen!«

Omar beruhigte seine Tochter: »Amira, mein Augapfel, mach dir keine Vorwürfe. Hier oder dort, Krankheit fernzuhalten liegt nicht in unserer Hand. Gegen das Alter ist kein Kraut gewachsen.«

Das Mädchen schluchzte.

»Was können wir gegen das Schicksal ausrichten?«, fuhr der Vater fort. »Auch die Großmutter war machtlos, als die Wasserfluten deine Mutter fortrissen.« Der Vater griff nach Amiras Hand. »Du solltest jetzt ein wenig schlafen. Nütze die Gelegenheit, so lange die Großmutter schläft. Gute Nacht, meine Tochter.«

Erst spät in der Nacht fiel Amira in einen unruhigen Schlaf. Im Traum erschien ihr ein Rabe, der auf den Baum des Lebens zuflog. Er umkreiste den Baum dreimal, dann riss er ein welkes Blatt ab und flog davon.

»Gib mir das Blatt!«, schrie das Mädchen verzweifelt.

Als der Mond über dem Rücken des Zeltes stand, riss Amira ein lautes Stöhnen aus dem Traum. Schweißgebadet schreckte sie hoch.

»Amira, bring mir Wasser und ein Tuch«, hörte sie den Vater sagen.

»Was ist passiert?«

»Die Großmutter hat erbrochen.« Amira und Omar wuschen die Kranke, zogen ihr ein frisches Kleid an und legten sie auf eine neue Matratze. Die Großmutter atmete schwer.

»Sie hat die ganze Suppe von sich gegeben. Amira, koche einen Kräutertee.«

Das Mädchen fachte die Glut an, streute Salbeiblätter in die Teekanne und setzte sie auf das Feuer. »Salbei reinigt den Magen«, bemerkte der Vater. Nachdem sie ihr ein Glas Salbeitee eingeflößt hatten, schlief die Großmutter den Rest der Nacht ruhig.

Am nächsten Morgen ließ Omar den Derwisch kommen. Nachdem der Medizinmann die Kranke untersucht hatte, winkte er Omar vor das Zelt.

Der Derwisch fasste Omar um die Schulter. »Ich habe mein Bestes getan«, sagte er, »der Rest liegt in Allahs Hand.«

Im Laufe des Vormittags traf die Hebamme ein.

»Wie geht es dir, Mutter von Omar?«, erkundigte sich die Besucherin. Die Kranke stöhnte. »Ich habe dir Weihrauch mitgebracht. Weihrauchduft hat heilende Kräfte.«

Amira schob mit der Feuerzange die Glut zu einem Häufchen und legte das Weihrauchstück darauf. Wenig später stiegen die ersten Rauchsäulen zum Zeltdach.

Nach und nach trafen Frauen im Zelt ein und umringten das Krankenlager. Es mangelte nicht an guten Ratschlägen. Die eine riet zu kalten Waschungen mit Salzwasser, die andere brachte ihren selbst gemischten Kräuterbalsam mit, und die dritte schlug vor, die Kranke mit dem glühenden Feuerhaken zu behandeln.

Die Hebamme fasste die Großmutter an der Hand: »Sie braucht Ruhe«, beschied sie und bat die Besucherinnen, ein andermal wiederzukommen.

Am dritten Tag nach dem Morgengebet schied die Großmutter aus dem Leben. Amira saß laut schluchzend neben dem leblosen Körper. Aus allen Zelten eilten die Frauen herbei.

Eine alte Frau legte ihren Arm um Amira: »Deine Großmutter hat ein langes und reiches Leben hinter sich. Sterben muss jeder, sogar Propheten.«

Aziza fasste Amiras Hand. »Sei dankbar, du hast deine Großmutter vor ihrem Abschied noch einmal gesehen.«

»Du bist nicht allein«, schaltete sich eine Tante ein, »du hast viele Verwandte. Am Tage der Gerechtigkeit wirst du deiner Großmutter wieder begegnen.«

Die alten Frauen machten sich geschäftig daran, den Leichnam zu waschen und in ein weißes Tuch zu wickeln. Währenddessen hoben Omar und seine Verwandten auf der Grabstätte eine Grube aus, in die der Leichnam versenkt werden sollte.

Dann ließ Omar sein Kamel vor dem Zelt der Großmutter niederknien. Die Männer hievten den Leichnam auf den Kamelrücken, und noch bevor die Sonne ihren höchsten Punkt erreicht hatte, war die Großmutter beerdigt. Der Derwisch verrichtete ein Totengebet. Omar schlachtete zu Ehren der Verstorbenen ein Schaf und lud die Trauernden zum Totenmahl ein. Die vierzigtägige Trauerzeit brach an. Immer wieder erinnerte man sich an die Großmutter, die ein großes Herz für Kinder gehabt hatte. Alte Geschichten wurden aufgefrischt. Omar und Amira rückten enger zusammen.

Als die Trauerzeit zu Ende ging, zog Amira ihr Trauerkleid aus und legte wieder eines ihrer rot bestickten Kleider an. Omar, der sich in dieser Zeit einen Bart hatte wachsen lassen, rasierte sich und legte ein frisches Gewand an.

»Jetzt bist du die Herrin des Zeltes«, sagte er zu seiner Tochter.

Das Mädchen schwieg.

»Bevor wir den Zeltplatz wechseln, sollten wir den Nachlass regeln«, schlug der Vater vor. Aufmerksam suchte er den Boden des Zeltes ab. »Hier muss der Beutel versteckt sein.«

Neben dem Teppich grub er mit einer Hacke ein Loch und stieß auf einen Beutel aus Kamelleder. Der

Vater setzte sich neben seine Tochter an die Feuerstelle. »Der Beutel ist schwer«, stellte er fest.

Neugierig leerte er den Inhalt auf den Teppich. Die Münzen und Perlen klimperten.

»Deine Großmutter war sparsam. Sie dachte an die Zukunft«, bemerkte Omar, als er die Schätze zu sortieren begann. Auf der rechten Seite häufte er die Goldmünzen auf, auf der linken die Silbermünzen und in der Mitte die Perlen.

Drei Perlen waren auf einen Faden aufgefädelt, die übrigen waren lose.

Omar hielt den Faden hoch: »Was für eine merkwürdige Kette. Sie hat nur drei Perlen.«

Das Mädchen war verlegen.

»Nimm dir deinen Teil des Erbes«, forderte der Vater seine Tochter auf.

Amira griff nach der Kette mit den drei Perlen und schlang sie um ihren Hals. »Das ist mein Anteil.«

Der Vater war verblüfft: »Nimm wenigstens den Rest der Perlen und fädle sie auf. Die Frauen und die Mädchen werden dich sonst auslachen.«

»Nicht nötig«, erwiderte Amira. »Die losen Perlen sind bereits aussortiert.«

Der Vater schaute seine Tochter mit großen Augen an: »Du sprichst in Rätseln. Was soll das bedeuten?«

Ein Lächeln huschte über Amiras Gesicht. »Hat meine Großmutter dir nichts erzählt?«

Omar schüttelte den Kopf.

Das Mädchen ließ die Kette durch seine Hand gleiten und erzählte dem Vater, was es mit den Perlen auf sich hatte.

Der Vater fasste Amira an der Hand: »Ich weiß, dass du ein begehrtes Mädchen bist, aber mit solch einer Karawane von Heiratsbewerbern habe ich nicht gerechnet. Wie gut, dass dir die Großmutter bei der Wahl noch beistehen konnte.«

Das Mädchen atmete erleichtert auf.

»Die Hälfte der Goldmünzen soll deine Mitgift sein«, beschied der Vater. »In Zeiten der Not braucht man etwas, auf das man zurückgreifen kann. Gold verliert nie seinen Wert.«

Omar überreichte seiner Tochter ihren Anteil an Münzen, dann griff er nach den restlichen Perlen und steckte sie in seine Gewandtasche. »Die ausgeschiedenen Heiratsbewerber gehören mir«, scherzte er. »Die Händler auf dem Basar werden sich darum reißen.«

Amira versteckte die Kette im Ausschnitt ihres Kleides. »So sind die Perlen sicher, und ich erspare mir dumme Fragen«, dachte sie bei sich.

»Jetzt, wo der Nachlass geregelt ist, wollen wir uns einen neuen Platz für das Zelt suchen«, schlug der Vater vor. »Lassen wir die Vergangenheit ruhen. Die Großmutter ist vereint mit den Vorfahren, unser Leben geht jedoch weiter.«

Einen Steinwurf vom Scheichzelt entfernt fanden sie einen geeigneten Platz für ihr Zelt.

Amira war tapfer. Sie suchte mit aller Kraft die Trauer zu überwinden und bemühte sich, auf eigenen Beinen zu stehen.

Eines Morgens saß Amira vor dem Zelt und stickte an einem neuen Kleid. Doch so ganz war sie nicht bei der Sache. Immer wieder kamen ihr Khalil, Talal und Nabil in den Sinn. Amira war neugierig, ob die drei ihre Geschichten bereits erfunden hatten. Was sollte sie tun, wenn alle drei Geschichten schlecht wären? Wie sollte sie entscheiden, wenn ihr alle drei Geschichten gleich gut gefielen?

Während die Gedanken in ihrem Kopf kreisten, ließ sie ein ums andere Mal ihr Stickzeug fallen, bis sie schließlich die Lust am Sticken verlor. Amira legte den Stoff und die Fäden beiseite, schloss die Augen und döste vor sich hin, bis das Bellen des Hundes sie aufschreckte.

Aziza kam auf sie zu. »Ich habe meiner Mutter bei der Zeltarbeit geholfen. Jetzt habe ich ein bisschen Zeit zum Plaudern.«

»Ich freue mich über deinen Besuch«, erwiderte Amira. »Dein Zelt ist immer aufgeräumt«, lobte Aziza ihre Freundin.

»Wir sind auch nur zu zweit«, gab Amira verlegen zur Antwort.

Aziza setzte sich zu Amira. Sie schien ein Geheimnis mit sich zu tragen. Unruhig drehte sie ihren Kopf hin und her. Das Teeglas in ihrer Hand zitterte.

»Was ist mit dir?«, erkundigte sich Amira.

»Amira«, sagte Aziza mit gedämpfter Stimme. »Kannst du ein Geheimnis für dich behalten?«

Amira nickte.

»Ich möchte dir etwas erzählen«, fuhr Aziza fort. »Doch versprich mir, dass die Sache unter vier Augen bleibt.«

»Bei der Seele meiner Großmutter«, schwor Amira. »Doch jetzt platze ich vor Neugier, ich bin ganz Ohr.« Aziza begann ihr Geheimnis zu lüften: »Gestern Abend habe ich Razik am Rande des Zeltlagers getroffen.«

»Und weiter?«, hakte Amira nach.

»Er schenkte mir diesen Armreif.« Aus ihrer Brusttasche zog Aziza einen silbernen Armreif hervor. Amira betrachtete das Schmuckstück voller Bewunderung. »Ein wahrhaft schönes Geschenk!«

»Razik wird bald um meine Hand anhalten«, verriet Aziza. Sie blickte ihre Freundin mit erwartungsvollen Augen an.

»Ich freue mich für dich«, hörte sie Amira sagen. »Bist du aufgeregt?«

»Ich konnte kein Auge zutun«, berichtete Aziza. Amira bot ihrer Freundin eine Schale Buttermilch an, die diese in einem Zug austrank.

Aziza erblickte Amiras Stickzeug und hob es hoch. »Das Muster gefällt mir«, meinte sie, »es würde sich für ein Hochzeitskleid eignen.«

Amira blickte verlegen zu Boden.

»Wir sind Freundinnen«, fuhr Aziza fort. »Ich habe dir mein Herz geöffnet.« Sie blickte Amira in die Augen. »Wie steht es mit deinem Geheimnis?«

Amira lächelte. »Es liegt noch in weiter Ferne«, antwortete sie. »Erst wenn der Sohn geboren ist, bekommt er einen Namen. Erst einmal bist du an der Reihe. Ich freue mich schon darauf, dich zum Brautkamel zu geleiten.«

Die zwei Freundinnen plauderten noch eine Weile über dies und das. Dann verabschiedete sich Aziza. »Ich habe meiner Mutter versprochen, Wasser am Brunnen zu holen. Du weißt, wie zeitraubend das ist.« Sie lächelte: »Du kennst unseren Esel, er ist alt und bockig.«

Amira schaute Aziza versonnen nach. Du hast es einfach, dachte sie bei sich. Razik ist dein einziger Bewerber. Mir jedoch steht noch die Qual der Wahl bevor.

Amira fasste sich in den Ausschnitt und befühlte die drei Perlen. Mit einem Seufzer verschwand sie in ihrem Zelt.

Nabil – Freund der Brüste

Nabil, der erste der drei Heiratsbewerber, stammte aus dem benachbarten Zeltlager. Seine Sippe, die groß und mächtig war, genoss einen guten Ruf.

Nabils Eltern mussten sieben Jahre warten, bis ihr Wunschkind endlich zur Welt kam. In dieser Zeit suchten sie berühmte Derwische und weise Frauen auf, die Huda zu einer Schwangerschaft verhelfen sollten.

Die Freude war überschwänglich, als Hudas Bauch sich endlich zu wölben begann. Murad legte oft ein Ohr an den Bauchnabel seiner Frau und horchte. »Wir freuen uns auf dein Kommen«, hörte Huda ihren Mann sagen.

Als die Stunde der Niederkunft nahte, konnte sich der Mann vor Aufregung kaum beherrschen. Nur mit Mühe ließ er sich im Männerzelt halten. Immer wieder rief er der Hebamme zu: »Wo bleibt der Gast?«

Er ließ sich auch nicht durch die Bemerkungen der Männer beirren. »Meinst du, du bist der Erste, der Vater wird?«, kommentierte der eine, und ein anderer fügte hinzu: »Wenn erst das halbe Dutzend voll ist, legt sich die Aufregung.«

Murads Freude kannte keine Grenzen, als ihm die Hebamme verkündete: »Allah hat euch einen Sohn geschenkt.«

»Deine Hände mögen gesund bleiben«, erwiderte der stolze Vater. »Wenn ich zum Markt reite, werde ich dir Stoff für ein Kleid mitbringen.«

Während Murad im Scheichzelt Datteln verteilte und die Glückwünsche der Männer entgegennahm, kümmerte sich die Hebamme um die Wöchnerin. Eine alte Frau wusch das Neugeborene sorgfältig, wickelte es in ein Stück Stoff und schnürte es zu einem Bündel.

»Ein hübscher Junge«, hörte man die Alte sagen. »Er hat dichte Haare und ist kräftig.«

»Seine Augen zeugen von Klugheit«, setzte die Hebamme hinzu und überreichte das Neugeborene der Mutter. »Das Warten hat sich gelohnt. Du kannst stolz sein auf deinen Sohn.«

Frauen aus den umliegenden Zelten besuchten Huda und brachten ihr Geschenke mit. Die eine Nachbarin hatte Hühnersuppe gekocht. »Die Suppe wird dir Kraft geben«, meinte sie.

Eine andere hatte einen Topf Honig dabei. »Honig war eine der Lieblingsspeisen des Propheten«, bemerkte sie und legte den Topf neben Hudas Kopfkissen. Sie warf einen Blick auf das Neugeborene. »Möge sein Leben so süß sein wie dieser Honig.«

Die Wöchnerin bedankte sich für die reichen Gaben.

Als sie sich gestärkt hatte, legte sie den Kleinen an die Brust.

Die Hebamme, die sich nach all den Anstrengungen eine Tasse Tee gönnte, blickte wohlwollend auf Huda. »Dein Sohn klebt an der Brust und lässt nicht mehr los. Ein Freund der Brüste ...« Sie lächelte.

Unterdessen saß der stolze Vater in der Männerrunde und trank ein Schälchen Kaffee nach dem anderen. »Wie werden wir dich künftig anreden?«, wandte sich der Stammesälteste an Murad.

»Vater von Nabil«, antwortete dieser.

»Nabil bedeutet edel, ein wohlklingender Name«, lobte der Scheich.

Die Hebamme schmunzelte, als sie den Namen des Neugeborenen erfuhr. »Nabil, edler Freund der Brüste«, lachte sie, »das passt.«

Die Hebamme sollte recht behalten. Nabil entwickelte sich zu einem Brustkind. Hatte er sich satt getrunken, so ließ er sich nicht einfach von der Brust nehmen, sondern schrie aus Leibeskräften, bis die Mutter nachgab und ihn wieder anlegte. Dann vernahm man ein zufriedenes Schmatzen.

Das Kind nuckelte so lange an der Brust, bis es eingeschlafen war. In manchen Nächten ließ Nabil die Eltern kein Auge zutun. »Der Kleine ist verwöhnt«, hörte die Mutter den Vater schimpfen. »Du bist nur noch für ihn da.«

»Du hast gut reden«, gab die Frau zurück, »die Hauptlast trage doch ich. Meine Brustwarzen sind schon ganz wund.«

»Dann sieh zu, dass du den Kleinen entwöhnst. Er ist kräftig wie ein junger Ziegenbock.«

»Er ist noch klein«, wehrte die Mutter ab.

So sehr sich die Eltern ein Kind gewünscht hatten, so kam es doch immer wieder zu Streitigkeiten über den Kleinen. Die Beziehung der Eltern zueinander kühlte merklich ab.

Als Nabil ein Jahr alt war, versuchte die Mutter ihren Sohn zu entwöhnen. Doch vergeblich. Der Freund der Brüste wollte keine Ziegenmilch trinken.

Auch im zweiten Jahr war ihr kein Erfolg beschieden. »Ich kann nicht mehr«, jammerte Huda, »dieses Kind saugt mich aus.«

Eines Tages bekam Hudas Nachbarin Besuch von ihrer Tante, die in einem weit entfernten Stammeslager wohnte. Huda suchte Rat bei der Besucherin.

Diese ließ sich den Jungen vorführen. »Du bist doch ein großer Junge«, wandte sie sich an Nabil, »es gibt viele leckere Sachen zu essen.«

Nabil kicherte und ließ eine Reihe blitzender Zähne sehen.

»Mit diesen Zähnen kannst du ein Hühnerbein zerlegen«, bemerkte die Besucherin.

»Da hilft nur ein Mittel«, wandte sie sich an Nabils Mutter, »ich brauche einen Skorpion.«

Huda zuckte zusammen.

Die Besucherin schmunzelte: »Er muss nicht groß sein. Am späten Nachmittag, wenn es abkühlt, finden wir ein Tierchen.«

Und so war es. Unter einem Steinbrocken im Wadi entdeckte Hudas Nachbarin einen Skorpion. Mit der Feuerzange packte sie ihre Beute und trug sie ins Zelt. Dort röstete sie den Skorpion über der Glut und zermahlte ihn im Gewürzmörser zu Pulver.

Die Besucherin war zufrieden. »Öffne deinen Kleidausschnitt«, forderte sie Huda auf. Dann streute sie das Pulver auf Hudas Brustwarzen. »Dieses Mittel hilft garantiert«, kommentierte sie. »Leg den Kleinen an!«

Nabil, der die Prozedur misstrauisch beäugt hatte, leckte halbherzig an der Brustwarze. Dann verzog er sein Gesicht und spuckte aus.

»Trink!«, forderte die Besucherin ihn auf.

Nabil versuchte noch einmal zu saugen, doch es schmeckte ihm nicht. Lauthals begann er zu weinen. Die Mutter drückte ihren Sohn an die Brust. »Du bekommst ein Hühnerei von mir«, versprach sie ihm, »und leckere Ziegenmilch.«

Seit diesem Tag nahm Nabil wohl oder übel mit Ziegenmilch vorlieb.

Nabils Entwöhnung gelang, doch das Verhältnis der Eltern zueinander war zerrüttet. Die Streitigkeiten häuften sich. Freunde und Verwandte versuchten zwischen den Streithähnen zu vermitteln, aber ihre Bemühungen blieben erfolglos.

Ein Jahr nach der Entwöhnung entschlossen sich Murad und Huda zur Scheidung.

Im Scheichzelt sprach Murad unter Zeugen die Scheidungsformel aus, und die beiden Parteien einigten sich darauf, dass das Kind bis zum Alter von vierzehn Jahren bei der Mutter bleiben sollte. Danach würde der Junge allein entscheiden, bei welcher Sippe er leben wollte.

Huda lud ihr Hab und Gut auf ihren Esel und kehrte mit ihrem Sohn zu ihrer Sippe zurück. Ihre Familie half ihr, ein neues Zelt aufzubauen.

So wuchs Nabil bei seiner Mutter auf. Er war ihr Ein und Alles. Es gab eine Reihe von Männern, die sich für die Geschiedene interessierten, doch Huda wies alle Heiratsanträge zurück.

Nabil mangelte es an nichts. Er war ein kluger und aufgeweckter Junge. Schon im Alter von zehn Jahren führte er die Ziegenherde seines Onkels zur Weide. Als Lohn für seine Tätigkeit bekam er ein Viertel der neugeborenen Zicklein. Die männlichen Zicklein verkaufte Huda auf dem Markt. Mit dem Erlös besorgte sie alles Notwendige für das Zelt. Die weiblichen Zicklein verblieben bei der Herde.

Als sechs Frühlinge ins Land gezogen waren, war Nabil stolzer Besitzer einer eigenen Herde. Von nun an hütete er nur noch seine Ziegen.

Die Mutter war mächtig stolz auf ihren Sohn. »Du

bist ein tüchtiger Hirte«, lobte sie ihn. Nur wenn sie Ärger mit ihm hatte, neckte sie ihn mit seinem Spitznamen, »Freund der Brüste«.

Nabil war ein musisch begabter Junge. Ein alter Hirte hatte ihm eine Flöte geschenkt und ihm das Spielen beigebracht. Während der langen Tage auf der Weide hatte Nabil das Flötenspiel geübt, und mit der Zeit brachte er es zu wahrer Meisterschaft.

Die Ziegen gewöhnten sich an sein Spiel. Wenn der Hirte in der Abenddämmerung seine Flöte zur Hand nahm, scharten sie sich um ihn, denn sie wussten, dass die Zeit des Aufbruchs gekommen war. Der junge Hirte schritt voran, der Ziegenbock trottete ihm nach, und die Ziegen folgten dem Bock.

Eines Tages, als Nabil wie üblich mit seinen Tieren auf der Weide war, setzte er sich inmitten der Blumenwiese auf einen Steinbrocken und nahm seine Flöte zur Hand. Er spielte bekannte Weisen, die die Hirten seit alters her gespielt hatten.

Als er seine Flöte zur Seite legte, bemerkte er einen Wanderer, der einen Steinwurf entfernt von ihm saß. Nabil war so in sein Flötenspiel vertieft gewesen, dass er den Fremden nicht hatte kommen hören.

Dieser kam auf ihn zu. »Die Töne deiner Flöte führten mich zu dir«, sagte der Fremde.

»Wer bist du?«, fragte Nabil.

»Ein Wanderer«, erwiderte der Mann. Er griff in seinen Wandersack und zog einen Granatapfel heraus.

»Für den Musiker«, sagte er und überreichte Nabil die Frucht. »Ab und zu führt mich mein Weg durch diese Gegend«, fuhr der Fremde fort. »Wenn du für mich spielst, so will ich dich mit einem Geschenk belohnen.«

Nabil war neugierig und suchte im Gespräch zu erfahren, woher der Fremde käme, doch dieser ließ sich sein Geheimnis nicht entlocken.

Nachdenklich machte sich Nabil an diesem Abend auf den Heimweg.

Zwei Vollmonde nach dieser seltsamen Begegnung erreichte Nabil die Botschaft Amiras, er solle noch eine zweite Geschichte erfinden. Der junge Mann war missmutig. Er verbrachte eine unruhige Nacht, bevor er am nächsten Morgen mit seiner Herde das Zeltlager verließ.

Während seine Ziegen auf der Weide genüsslich Kräuter fraßen und an Grashalmen zupften, dachte Nabil nach. Er hatte gehofft, Amira würde sich für ihn entscheiden, und nun begann erneut eine Zeit des Wartens. Er nahm seine Flöte zur Hand und begann zu spielen.

In diesem Moment tauchte der Fremde auf. Dieses Mal zog er einen Maulesel hinter sich her. »Der Musiker sei gegrüßt«, hörte Nabil seine Stimme schon von Weitem. Der Fremde kam näher und setzte sich zu dem jungen Hirten.

Nachdem er eine Weile dem Flötenspiel gelauscht

hatte, zog er aus den Satteltaschen seines Maulesels ein Gewand.

Nabils Augen strahlten, als er mit seinen Händen über den glänzenden Stoff fuhr. »Ein fürstliches Gewand«, bedankte sich der Hirte. Er zog das Gewand über und schaute an sich herab.

»Du siehst aus wie ein Märchenprinz«, bewunderte ihn der Fremde. »Die Mädchen werden sich um dich reißen.«

»Ach!«, stöhnte der Hirte.

»Kommst du mit den Mädchen nicht zurecht?«

Nabil war verlegen.

»Spiel noch einmal ein Lied für mich.«

Der Hirte nickte und nahm seine Flöte zur Hand.

»Deine Flöte klingt heute anders«, bemerkte der Fremde. »Bist du traurig?«

»Ich bin heute nicht ganz bei der Sache«, gab der Flötenspieler zur Antwort.

»Erzähle mir, was dich bedrückt«, bat der Mann. Doch Nabil schüttelte den Kopf. Amiras Gestalt erschien vor seinen Augen.

Der Wanderer griff in seine Gewandtasche und zog eine seltsame Frucht hervor. »Diese Frucht vertreibt die Traurigkeit«, ermunterte er den jungen Hirten. »Wenn du davon isst, wirst du deine gute Laune wieder finden.«

Nabil hielt die Frucht in seiner Hand. Als er drei Bissen gegessen hatte, überfiel ihn eine bleierne Müdigkeit. Die Flöte fiel zu Boden, und der Hirte versank in einen tiefen Schlaf.

Der Fremde lud den Schlafenden samt der Flöte auf seinen Maulesel und ritt mit ihm davon.

An diesem Abend wartete Huda vergeblich auf ihren Sohn. Erst dachte sie, Nabil hätte einen weit entfernten Weideplatz aufgesucht. Doch als alle Herden im Zeltlager eingetroffen waren, begann die Frau sich Sorgen zu machen.

»Hast du meinen Sohn gesehen?«, fragte Huda eine Hirtin, die ihre Ziegen zum elterlichen Zelt trieb. »Heute Morgen auf dem Hinweg habe ich ihn getroffen, doch am Brunnen trennten sich unsere Wege.«

Die Mutter suchte das Scheichzelt auf und trug ihre Sorge vor. Drei Männer erklärten sich bereit, die Suche aufzunehmen. Sie sattelten ihre Rennkamele und machten sich auf den Weg zu den bekannten Weideplätzen.

Die Männer durchritten den Wadi, erklommen Hügel und ritten die Ebene ab. Doch weit und breit war keine Spur von Nabil und seiner Herde zu sehen.

»Wie vom Erdboden verschluckt«, bemerkte einer der Reiter.

Es war still, nur in der Ferne war das Heulen der Wölfe zu hören. »Lasst uns umkehren«, schlug der älteste der Reiter vor. »Der Tag hat Augen. In der Nacht können wir nichts ausrichten.«

Bedrückt schlugen die drei Männer den Heimweg ein. Auf halbem Wege stießen sie auf eine Ziegenherde, die ziellos umherzuirren schien.

Einer der Reiter stieg von seinem Kamel und suchte im Mondlicht das Brandzeichen der Tiere zu erkennen. »Ja, es ist Nabils Herde«, rief er. »Aber wo ist der Hirte?«

Der jüngste Reiter stellte sich auf den Rücken seines Kamels und rief mit lauter Stimme: »Nabil! Nabil!« Doch nur das Echo seiner Stimme war zu hören. Die Männer trieben die Herde vor sich her und kehrten in das Zeltlager zurück.

Huda erwartete die Reiter voller Ungeduld. »Wo ist mein Sohn?«

»Nabil ist ein tapferer Junge«, machte ihr der älteste der Reiter Mut. »Die Herde haben wir gefunden. Nach Anbruch der Dämmerung werden wir die Suche nach deinem Sohn wieder aufnehmen.«

»Was ist ihm nur zugestoßen?«, klagte die Mutter. »Vielleicht hat ihn eine Räuberbande überfallen?«

»Räuber hätten die Herde mitgenommen«, beruhigte sie der Scheich.

Am nächsten Tag, kurz nach der Morgendämmerung, machte sich eine Reiterschar auf die Spurensuche. Im Morgenlicht durchstreiften sie das Weideland. Am Fuße eines Hügels zügelte der älteste der Spurensucher sein Kamel. »Hier sind Fußabdrücke«, stellte er fest. »Es könnten Nabils Sandalen sein.«

»Und hier sind frische Ziegenperlen«, setzte ein anderer hinzu.

Die Männer suchten die Umgebung ab und stießen auf die Spur eines Maulesels.

»Der Hirte hatte keinen Maulesel«, gab einer der Männer zu bedenken.

Ein Dritter rief die anderen zu sich: »Hier sind die Schalen einer seltsamen Frucht.«

Der alte Spurensucher roch daran, dann rümpfte er die Nase. »Sie riecht eigentümlich. Ich weiß nicht, was ich davon halten soll.«

Da die Fußspuren endeten, beschlossen die Männer, der Spur des Maulesels zu folgen. Doch gegen Mittag verlor sich die Spur auf einem steinigen Abhang. Unverrichteter Dinge kehrten die Männer in das Zeltlager zurück.

Huda brach in lautes Weinen aus: »Mein Sohn! Mein Sohn! Er ist mein einziges Kind.«

Ihr Bruder suchte sie zu trösten: »Noch sind keine drei Tage verstrichen, es gibt Hoffnung, dass Nabil wiederkommt. Vielleicht hat er sich vor den Wölfen in eine Höhle in Sicherheit gebracht. Er ist ein erfahrener Hirte.«

Doch die Mutter ließ sich nicht beruhigen. In ihrer Not sattelte sie ihren Esel und ritt zu der Wahrsagerin im benachbarten Stammeslager. »Seit gestern ist mein Sohn verschwunden. Er ist von der Weide nicht zurückgekehrt«, berichtete sie. »Ich finde keine Ruhe mehr.«

»Gib mir deinen Armreif«, forderte die Wahrsagerin sie auf, »und fasse dich in Geduld.«

Die Wahrsagerin nahm den Armreif in Empfang und zog sich in einen Zeltwinkel zurück. Mit beiden Händen umklammerte sie den Silberreif, schloss die Augen und begann nach kurzer Zeit zu murmeln.

Unruhig rutschte Huda auf dem Teppich hin und her. Ihr Herz wollte fast zerspringen. Die Zeit schien stillzustehen.

Endlich erhob sich die Wahrsagerin. Sie war schweißgebadet und hatte einen roten Kopf. »Mutter von Nabil«, wandte sie sich an die Besucherin, »dein Sohn ist am Leben. Er schwebt in Gefahr, doch er hat ein tapferes Herz. Eines Tages wird er wiederkommen.«

Die Wahrsagerin reichte Huda den Silberreif. »Behalte ihn«, winkte Huda ab. »Möge Allah geben, dass du recht behältst.«

Während Huda im Zeltlager vom Besuch der Wahrsagerin berichtete, lag Nabil in einem tiefen Schlaf. Erst am dritten Tag erwachte er.

»Wo bin ich?«, rief er, als er die Augen aufschlug.

»In meiner Höhle«, hörte er eine leise Stimme. Es war dunkel, nur durch ein paar Ritzen drangen Lichtstrahlen.

Der Hirte erkannte die Gestalt des Fremden. »Wie bin ich hierher gekommen? Wo ist meine Herde?«

»Sie ist auf der Weide«, lächelte der Fremde.

Der Hirte suchte verzweifelt nach dem Ausgang.

»Du brauchst dich nicht zu bemühen«, hörte er den Fremden sagen. »Der Ausgang ist gut verschlossen.«

Nabil rieb sich die Schweißperlen von der Stirn. »Wer bist du? Was hast du mit mir vor?«

Der Fremde lächelte.

»Was habe ich dir getan, dass du mich gefangen hältst?«, stotterte Nabil mit bebenden Lippen.

»Ich liebe deine Flötenmusik. Spiel für mich!«

Der Hirte schüttelte den Kopf.

Der Fremde erhob sich: »Sieh dich vor! Es steht in meiner Macht, dich in eine Schlange zu verwandeln. Doch ich will dir nichts Böses.« Er reichte Nabil einen Wasserkrug. »Wenn du für mich spielst, so soll es dir an nichts fehlen.«

Der Hirte nahm sein Instrument zur Hand und spielte eine traurige Weise. Als er seine Flöte beiseite legte, war der Fremde verschwunden.

Nabil dachte an seine Mutter. »Sie wird sich große Sorgen machen. Ihr Herz wird brechen.« Er begann zu schluchzen: »Meine Herde! Jahrelang habe ich sie gehütet, und nun wird sie zur Beute der Schakale. Ein Unglück kommt selten allein.«

Die Tage verrannen. Jeden Abend erschien der Fremde und lauschte dem Flötenspiel. Nur unwillig nahm der junge Hirte sein Instrument zur Hand, doch da sein Leben in der Hand des Fremden lag, blieb ihm keine andere Wahl.

Immer wieder dachte er an Amira und träumte davon, sie im Brautzelt aufzusuchen. Er erinnerte sich daran, dass er für Amira eine Geschichte erfinden sollte. Er legte seinen Kopf in die Hände. »Ich habe Zeit in Hülle und Fülle, doch in dieser verdammten Höhle kann ich keinen Gedanken fassen. Ich muss nach einem Ausweg suchen.«

Nabil beschloss, den seltsamen Fremden durch sein Flötenspiel zu gewinnen. Er spielte mit einer solchen Hingabe, dass dieser glauben musste, der Hirte habe sich mit seinem Schicksal abgefunden.

Eines Abends bemerkte Nabil, dass der Fremde den Höhleneingang, der mit einer Steinplatte verschlossen war, nur nachlässig versperrt hatte. Ein breiter Spalt ließ das Mondlicht eindringen. Der Musiker griff zu seiner Flöte und begann zu spielen.

»So schön hast du lange nicht gespielt«, lobte ihn der Mann. Er streckte die Beine aus und stützte sich auf seinen Arm. Nabil spielte, als ginge es um sein Leben. Nach dem zweiten Lied vernahm Nabil ein leises Schnarchen. Während er nur noch leise Töne spielte, wurde das Schnarchen lauter.

Nabil sah einen Hoffnungsschimmer. Auf leisen Sohlen schlich er zum Höhlenausgang. Mit aller Kraft zwängte er sich durch die Felsspalte ins Freie. Der Hirte holte tief Luft. So schnell ihn seine Beine trugen, rannte er davon.

Als er vom Rennen müde wurde, setzte der junge

Hirte sich auf einen Felsvorsprung, um auszuschnaufen. Er ließ seine Blicke schweifen. »Welch gottverlassene Gegend«, jammerte er. »Ich muss weiter, bevor der Fremde erwacht.«

Nabil kletterte über Felsbrocken, durchquerte einen Wadi und erklomm den nächsten Hügel. Der Mond stand in seinem Rücken. Auf dem Gipfel des Hügels machte er erneut Halt. »Wenn ich nur wüsste, welche Richtung ich einschlagen muss!«

Als er um sich schaute, entdeckte er eine Ruine. Nabil beschloss, sich den Rest der Nacht dort zu verstecken. Seine Füße schmerzten, und seine Kehle war trocken. Außer Atem kletterte er über eine verfallene Mauer. Er lehnte seinen Rücken gegen die Steinwand und atmete tief durch. Als er sich ein wenig ausgeruht hatte, kamen ihm die Worte seiner Großmutter in den Sinn: »Ruinen sind Orte, die von Geistern und Dämonen bewohnt werden.« Die Angst kroch in ihm hoch. Er beschloss, den Platz zu verlassen.

Da entdeckte er plötzlich am Ausgang der Ruine Kamelbällchen. Der Hirte nahm ein Bällchen in die Hand und prüfte es. Es war noch frisch. Nabil schöpfte Hoffnung. »Wo ein Bällchen ist, ist das Kamel nicht weit.« Vielleicht war die Ruine eine verfallene Karawanserei? Im Mondlicht suchte er die Umgebung nach Spuren ab.

Wie glücklich war Nabil, als er die Hufabdrücke von Kamelen fand. Ohne Zeit zu vergeuden, folgte er der

Spur der Karawane. Als der Mond im Herzen des Himmels stand, erblickte der junge Hirte in der Ferne ein Feuer. »Da rastet die Karawane.«

Der Weg war beschwerlich. Immer wieder stolperte Nabil über Steine und fiel zu Boden. Mit letzten Kräften schleppte er sich voran. Einen Steinwurf vom Feuer entfernt legte er sich flach auf den Boden und horchte. Er hörte das knirschende Geräusch der Kamelmäuler. Menschen konnte Nabil nicht entdecken.

Auf allen vieren kroch der Hirte auf den Feuerschein zu. Als er seinen Kopf reckte, packte ihn plötzlich eine Hand am Nacken. Nabil schnappte nach Luft.

»Wer bist du?«, hörte er eine Stimme. »Bist du ein Dieb?«

»Nein«, erwiderte Nabil kleinlaut. »Ich habe mich verirrt.«

»Komm mit!«, forderte ihn der Mann auf, ohne seinen Griff zu lockern. Er schob den Hirten vor sich her zum Feuer. Mehrere Gestalten sprangen auf.

»Bringt mir ein Seil!«, rief der Mann. »Ich habe einen Dieb geschnappt.«

Die Männer fesselten den Jungen an Händen und Füßen. Der Karawanenführer legte Reisig auf das Feuer und betrachtete im Schein der Flammen die Gestalt des Hirten. »Bist du allein oder hast du Gefährten?«

»Ich bin allein«, antwortete Nabil.

»Ein Dieb! Er kroch auf allen vieren«, berichtete der Wächter.

Der Karawanenführer musterte das seidene Gewand des Jungen. »Wie ein Räuber sieht er nicht aus«, bemerkte er, »eher wie ein Märchenprinz.«

»Eine gute Tarnung«, vermutete der Wächter.

»Ich bin halb verdurstet«, jammerte Nabil.

Der Karawanenführer ließ ihn aus dem Wassersack trinken.

»Er ist der Spion einer Räuberbande«, beharrte der Wächter.

»Nein! Nein!«, verteidigte sich der junge Hirte.

»Woher hast du das Seidengewand?«, wollte der Karawanenführer wissen.

»Das ist eine lange Geschichte«, versetzte Nabil und berichtete, was ihm widerfahren war.

Der Wächter sah ihn mit großen Augen an. »Er fantasiert.«

»Kannst du uns die Höhle zeigen?«, wollte der Karawanenführer wissen.

Nabil schüttelte den Kopf. »Ich bin fremd in dieser Gegend und habe bei meiner Flucht nicht auf den Weg geachtet.«

Die Meinungen der Zuhörer waren geteilt. Die einen neigten dazu, Nabil Glauben zu schenken, die anderen waren misstrauisch.

»Der Tag wird Klarheit bringen«, beschied der Karawanenführer. »Für den Rest der Nacht werde ich zwei Wachen einteilen.« Und so geschah es.

Nachdem die zweite Hälfte der Nacht friedlich verlaufen war, ließ der Karawanenführer den jungen Hirten losbinden. »Du hast keine Gefährten«, stellte er fest. »Woher stammst du?«

»Vom Stamm der Tiaha«, erwiderte Nabil.

»Allein wirst du den Weg zu deinem Stammesgebiet nicht finden. Du hast nicht einmal ein Reittier«, fuhr der Karawanenführer fort. »Einstweilen kannst du unsere Karawane begleiten. Ich kann einen Jungen brauchen, der mir zur Hand geht.«

Nabil war erleichtert.

Nachdem die Kamele beladen waren, machte sich die Karawane auf den Weg. Der Hirte zählte vierzig Kamele. Er war neugierig: »Was habt ihr in den Säcken?«, wollte er wissen.

»Getreide«, erwiderte der Karawanenbegleiter.

»Und wie lange werden wir unterwegs sein?«

»Der Weg ist weit«, bekam Nabil zur Antwort.

Vor Anbruch der Mittagshitze pflegte die Karawane zu rasten, und wenn die große Hitze nachließ, zog sie weiter bis zur Abenddämmerung.

Nabil erwies sich als tüchtiger Junge, der bald das Vertrauen des Karawanenführers gewann. »Wenn ich alt bin, kannst du mein Nachfolger werden«, scherzte dieser.

»Nein, danke«, erwiderte Nabil, »in deinem Beruf ist man dauernd unterwegs. Ich bleibe lieber Hirte.«

»Du hast recht«, gab der Karawanenführer zu. »Meine Frau beschwert sich, weil ich so oft auf Reisen bin.«

Mit Wehmut dachte Nabil an Amira. »Die Zeit verrinnt, und ich habe noch immer keine Geschichte erfunden«, murmelte er bei sich.

An einem Abend schlug die Karawane ihr Lager in einem Wadi auf. Die Gegend, durch die sie gezogen waren, war karg. Die Kamele fanden nur ab und zu ein paar trockene Sträucher zum Fressen. Menschen und Tiere waren erschöpft von den Anstrengungen des Tages.

»In drei Tagen erreichen wir die nächste Oase«, munterte der Karawanenführer seine Begleiter auf.

Bei Anbruch der Morgendämmerung wollte der Karawanenführer sein Morgengebet verrichten. Er griff nach dem Ziegenbalg, doch dieser war leer. »So viel Wasser haben wir gestern doch nicht getrunken«, wunderte er sich.

Er nahm den anderen Ziegenbalg zur Hand. Auch dieser war leer.

Der Karawanenführer fuchtelte wild mit den Händen: »Wasser! Wasser! Wo ist das Wasser?«

Die Begleiter schreckten aus dem Schlaf. »Gestern waren die Schläuche noch voll«, sagte der Wächter. Misstrauisch beäugte er Nabil. »Hast du dir einen Scherz erlaubt?«

Nabil war empört: »Wasser ist Leben, damit scherzt man nicht!«

»Lass den Jungen in Ruhe«, schaltete sich der Karawanenführer ein. »Ich hafte für ihn.« Er hob den leeren

Ziegenbalg hoch. »Der Hals ist verschlossen, das Wasser muss herausgesickert sein.«

»Wie kann das sein? Die Ziegenbälge sind neu«, wunderte sich einer der Männer.

Beim genauen Betrachten der Schläuche entdeckte der Karawanenführer kleine Löcher. »Hast du geschlafen?«, fuhr er hoch und blickte den Wächter mit zorniger Miene an.

»Ich, geschlafen?«, verteidigte sich dieser. »Hast du vergessen, wie ich den Jungen geschnappt habe? Kein Mensch kann sich ungesehen unserem Lager nähern.« Sorgfältig suchte der Karawanenführer die Umgebung ab.

»Hier haben wir den Missetäter!«, hörte man ihn schimpfen. Er deutete in den Sand. »Fuchsspuren! Die Abdrücke sind unverwechselbar.« Er prüfte noch einmal die leeren Ziegenbälge. »Der Fuchs hat sich über unsere Wassersäcke hergemacht, hier sind Spuren von Zähnen zu erkennen.«

Der Karawanenführer schaute den Wächter vorwurfsvoll an. Dieser zuckte mit den Schultern: »Ich bin zuständig für Räuber und nicht für Füchse, die auf leisen Sohlen heranschleichen.«

»Füchse hin, Füchse her«, schimpfte ein Mann. »Das Wasser ist versickert.«

Der Karawanenführer mahnte zum Aufbruch: »Beladet die Kamele. Wir haben keine Zeit zu vergeuden.«

Die Stimmung war gedrückt, als sich die Karawane

in Bewegung setzte. Ohne Unterbrechung setzten die Männer ihren Weg fort, bis die Sonne im Herzen des Himmels stand. Dann legte die Karawane Rast ein.

Die Stimmung wurde immer gereizter. »Drei Tage ohne Wasser halten wir nicht durch«, murrten die Männer. »Wir sind doch keine Kamele!«

Der Karawanenführer beschwichtigte seine Gefährten. »Heute Abend müssen wir wohl oder übel ein Kamel schlachten.«

Und so geschah es.

Der Karawanenführer schlitzte dem geschächteten Kamel den Bauch auf und trank Wasser vom Magen des Tieres.

Nabil würgte ein Brechreiz als er an der Reihe war.

»Du hast keine andere Wahl«, beschied der Karawanenführer. »Meinst du, mir schmeckt dieses Wasser?«

Der junge Hirte hielt sich die Nase zu. Angeekelt nahm er ein paar Schlucke. Nabil war der Appetit so gründlich vergangen, dass er das gegrillte Kamelfleisch nicht anrührte.

Am dritten Tag erreichte die Karawane eine Oase. Die Halbverdursteten stürzten auf die Quelle zu, die einem Fels entsprang. Noch nie in seinem Leben hatte Nabil Wasser so köstlich geschmeckt.

Der Karawanenführer reparierte die lecken Wasserbälge, indem er die schadhaften Stellen abband, und füllte sie mit frischem Quellwasser. »Dieser Vorrat wird uns bis Petra reichen.«

Der Wächter versprach, in Zukunft neben den Wasserbälgen Wache zu halten.

Wenige Tage später tat sich am Horizont eine Felsenkette auf.

»Wir sind fast am Ziel. Hinter diesen Felsen liegt Petra«, kündigte der Karawanenführer an.

Nabil war erleichtert, als die Karawane den Eingang zur Schlucht passierte, die in die Felsenstadt Petra führte. Vor dem Schatzhaus des Pharaos, eines in die Felswand gehauenen Tempels, machte die Karawane Halt.

Auf diesem Platz herrschte ein geschäftiges Treiben. Fliegende Händler boten ihre Waren feil, Karawanenführer heuerten Kameltreiber an, andere suchten ihre Ladungen zu verkaufen.

Nach dem langen Weg durch die öde Wüste war Nabil überwältigt vom Anblick dieser prächtigen Stadt.

Am Abend wandte sich der Karawanenführer an Nabil: »Wir sind am Ende unserer Reise angelangt und müssen uns trennen. Ich habe mich auf dem Markt erkundigt. Morgen bricht eine Karawane nach Gaza auf. Dieser Karawane kannst du dich anschließen. Ich habe dem Karawanenführer erzählt, was für ein tüchtiger Junge du bist.« Er klopfte Nabil auf die Schulter: »Der Karawanenweg führt an deinem Stammesgebiet vorbei.«

Nabil bedankte sich überschwänglich für die Hilfe. Zum ersten Mal seit Langem schlief der junge Hirte tief und fest.

Nach sieben Tagesmärschen mit der Karawane kam Nabil die Gegend bekannt vor. Obwohl ihn die Füße schmerzten, hüpfte er von einem Fuß auf den anderen. Als er von Ferne das Weideland erblickte, nahm er Abschied von der Karawane. So schnell ihn seine Beine trugen, lief er zu seinem Zeltlager.

Am Brunnen wusch er sich den Staub der Reise ab. Auf halber Wegstrecke zum Zelt seiner Mutter erkannten ihn spielende Kinder.

»Nabil! Nabil!«, schallte es.

Huda, die am Teigkneten war, hörte die Rufe der Kinder. Sie ließ alles stehen und liegen und stürzte aus dem Zelt.

Nabil kam ihr mit offenen Armen entgegen.

»Nabil, mein Augenschein!«, schluchzte die Mutter.

Aus allen Zelten stürmten die Bewohner herbei und begrüßten den Vermissten. Der Scheich drückte ihm die Hand: »Allah sei Dank, du bist wohlbehalten!«

»Mein Augenlicht, wo hast du die ganze Zeit gesteckt?«, wollte die Mutter wissen.

»Auf Reisen«, antwortete der junge Hirte.

Huda drückte ihren Sohn ein ums andere Mal. Und Nabil berichtete ausführlich, was ihm zugestoßen war. Gebannt lauschten die Zuhörer.

Der Stammesälteste schüttelte ungläubig den Kopf: »Mein Junge, du hast sieben Seelen!«

»Der Stammesahn stand dir bei«, fügte der Scheich hinzu.

Zu Ehren von Nabil wurde ein großes Festessen veranstaltet. Die Besucher strömten herbei, und bei jedem Neuankömmling musste Nabil seine Geschichte zum Besten geben.

Nachdem sich die erste Aufregung gelegt hatte, erkundigte sich der junge Hirte nach seiner Herde.

»Die Spurensucher haben deine Ziegen gefunden«, berichtete die Mutter. »Nun weiden sie mit der Herde des Onkels.«

»Ab morgen werde ich sie wieder zur Weide führen«, sagte Nabil stolz. »Ich suche einen neuen Weideplatz. Auf den alten setze ich keinen Fuß mehr.«

Der Hirte war überglücklich, wieder zu Hause zu sein.

Nach und nach verblasste der Albtraum mit dem Fremden. Stattdessen kam dem jungen Hirten Amira wieder in den Sinn. Die Zeit verrann und es wollte ihm einfach keine Geschichte einfallen, so sehr er sich auch anstrengte.

Die Mutter bemerkte seine Unruhe. »Nabil, mein Augenschein«, wandte sie sich an ihn. »Was bedrückt dich, mein Sohn? Denkst du immer noch an die Höhle?«

Der Sohn schwieg.

In der Nacht lag Nabil mit offenen Augen auf seinem

Schlaflager und betrachtete den Sternenhimmel, als erwartete er von dort eine Lösung.

Der junge Hirte nahm immer weniger Essen zu sich. Er schimpfte über alles und jeden und schien lustlos zu sein.

Huda machte sich Sorgen: »Nabil, du musst essen.«

»Ich habe keinen Hunger.«

»Wenn du so weitermachst, wirst du krank«, warnte die Mutter. Sie ließ nicht locker, bis Nabil ihr von Amira erzählte.

»Du bist verliebt, das ist deine Krankheit«, bemerkte sie.

»Die Medizin ist teuer«, klagte Nabil.

»Wie meinst du das?«, hakte die Mutter nach.

»Die Brautgabe macht mir zu schaffen«, sagte der Sohn.

Die Mutter setzte sich auf. »Wir haben eine Herde, und zur Not wird dein Onkel auch einspringen.«

»Es geht nicht um Ziegen und Kamele«, entgegnete Nabil, »Amira wünscht sich als Brautgabe eine Geschichte.«

»Dann erfinde eine Geschichte!«

»Ich kann noch immer keinen Gedanken fassen«, klagte der Hirte und schaute seine Mutter bekümmert an. »Wünschst du dir nicht Amira als Schwiegertochter? Viele Frauen des Stammes würden dich beneiden.«

Die Mutter stützte ihr Kinn auf die Hand und dachte nach. »Wann sollst du die Geschichte erzählen?«

»Beim nächsten Vollmond. Die Zeit drängt.«

Die Mutter strich ihrem Sohn über die Haare. »Sei unbesorgt, ich werde mir etwas einfallen lassen.« Nabil atmete erleichtert auf.

Eine Woche verstrich.

»Heute ist Neumond«, stellte Nabil fest und betrachtete den Nachthimmel.

»Ich weiß«, hörte er die Mutter sagen.

»Wie steht es mit der Geschichte?«, wollte er wissen.

»Geschichten, mein Sohn, sind wie Bäume«, erwiderte die Mutter. »Sie brauchen Zeit zum Wachsen. Geduld ist weise.«

Je mehr der Mond zunahm, umso unruhiger wurde der Hirte. Als der Mond in seiner vierzehnten Nacht stand, lief Nabil unruhig vor dem Zelt hin und her. Seine Gesichtszüge waren gespannt.

»Morgen ist Vollmond!«

Die Mutter stand vor dem Zelt, um die Ziegen zu melken. »Ich weiß«, sagte sie. »Erst melke ich die Tiere, dann erzähle ich dir die Geschichte.«

Nabil wusste sich vor Freude kaum zu fassen. Er umschlang seine Mutter und drückte ihr einen Kuss auf die rechte Wange.

»Einen solchen Kuss habe ich lange nicht bekommen«, lachte sie, »warte ab, ob ich ihn auch verdient habe.«

Huda erledigte ihre Arbeit. Dann breitete sie vor dem Zelteingang einen Teppich aus, und die beiden setzten sich nieder. »Die Abendluft ist angenehm kühl, und der Mond leistet uns Gesellschaft«, flüsterte sie.

»Erzähl!«, bestürmte Nabil die Mutter. »Ich platze vor Neugier.«

»Erzähle Amira die Geschichte von dem Wolfsfell.«

Das Wolfsfell

Die Geschichte vom Wolfsfell spielte sich vor langer Zeit beim Stamm der Sleb ab. Die Sleb waren bei den Beduinenstämmen als geschickte Jäger bekannt. Ihre Frauen woben die Zelte nicht wie üblich aus Ziegenhaar, sondern nähten sie aus Gazellenleder.

Ein Jäger dieses Stammes, der nur eine einzige Tochter hatte, verwöhnte sie gerne mit Gazellenfleisch, das er über dem Feuer briet. »Wenn du groß bist, wirst du anmutig sein wie eine Gazelle«, pflegte er zu sagen.

Doch im Laufe der Jahre wurde das Wild rar, und die Sleb fingen an, wie die anderen Beduinen Schafe und Ziegen zu züchten.

Jasmin, das Mädchen, wuchs heran. Als sie das heiratsfähige Alter erreicht hatte, verheiratete sie der Vater mit einem jungen Mann ihres Stammes. Die Sleb heirateten meistens unter sich.

Jasmin und ihr Mann lebten in einem kleinen Zelt

am Rande des Stammesgebietes. Ein Jahr nach dem Hochzeitsfest gebar Jasmin einen Sohn, der taubstumm war. Es sollte ihr einziges Kind bleiben.

Vierzig Tage nach der Niederkunft unterzog sich die Wöchnerin der rituellen Waschung. Sie legte ein frisches Kleid an, flocht ihr Haar zu Zöpfen und legte ihren Schmuck an. Dann sattelte sie ihren Esel und machte sich mit dem Säugling auf den Weg zu ihren Eltern.

Die Großmutter freute sich, ihr erstes Enkelkind in den Armen zu halten. Voller Stolz betrachtete sie den Kleinen: »Er hat dichtes schwarzes Haar.« Aus der Tasche ihres Kleides zog sie ein Amulett und befestigte es am Häubchen des Jungen: »Das Amulett möge dich vor dem bösen Blick schützen!«

Während die Großmutter Tee zubereitete, betrat der Großvater das Zelt. Er war seit dem Morgengrauen bei seinen Tieren auf der Weide gewesen.

»Begrüße deinen Enkelsohn«, forderte die Tochter ihren Vater auf und hielt ihm das Bündel hin. »Er hat große Ähnlichkeit mit dir. Schau dir die dichten Augenbrauen und die Nase an!«

»Du hast recht«, lachte der Großvater. »Die Nase muss nur noch ein wenig wachsen. Wie heißt er?«, erkundigte er sich.

»Munir!«

»Ein schöner Name«, bemerkte die Großmutter. »Dieser Name leitet sich von Licht ab.«

»Kinder sind das Licht des Hauses«, fügte der Großvater hinzu.

Während die Großmutter Tee ausschenkte, setzte sich der Großvater zu seiner Tochter.

»Mein Mann und ich freuen uns über unseren Nachwuchs«, bemerkte Jasmin und hielt kurz inne, »doch das Kind hat einen Makel.«

Die Großmutter unterbrach ihre Arbeit. »Fehlt dem Kleinen etwas?«

»Munir ist taubstumm«, erwiderte Jasmin.

»Beruhige dich, meine Tochter«, sagte der Großvater, »dein Urgroßvater war auch taubstumm und hat sich durchgeschlagen.«

Und die Großmutter fügte hinzu: »Kinder sind Geschenke Allahs. Und was Allah gibt, sollte man dankbar annehmen.«

»Ich klage nicht«, sagte die Tochter, »doch ich wollte es euch auch nicht verschweigen.«

Jasmin verbrachte den Tag im elterlichen Zelt. Und als sich die Sonne zu neigen begann, verabschiedete sie sich: »Es ist Zeit zum Aufbruch. Ich habe einen langen Weg vor mir, und mein Esel trottet nur langsam.«

»Warte einen Augenblick«, bat der Vater. »Munir soll das Zelt seines Großvaters nicht ohne Geschenk verlassen.«

Er begab sich zum Schafstall, öffnete das Gatter und zog ein blökendes Schaf heraus. »Dieses Tier ist ein Jahr älter als Munir. Im nächsten Jahr kann es bereits Lämmer werfen. Und wenn mein Enkelsohn groß ist, wird er eine eigene Schafherde besitzen.«

Jasmin bedankte sich herzlich für das Geschenk.

Die Großmutter band einen Strick um den Hals des Schafes, und Jasmin zog zufrieden auf ihrem Esel davon.

»Reite nicht zu schnell«, rief ihr der Vater nach. »Das Schaf ist kein Rennkamel!«

Die Großmutter stand vor dem Zelt und winkte, bis Jasmin hinter dem nächsten Hügel verschwunden war.

Mit den Jahren wuchs Munir zu einem kräftigen Burschen heran. Die Stammesbewohner hatten sich an seine Gesten gewöhnt, und dieser wiederum hatte gelernt, ihre Worte von den Lippen abzulesen. Doch zum Kummer der Eltern nannten ihn die Stammesbewohner »den Taubstummen«.

Wie es der Großvater vorausgesagt hatte, war Munir bald Besitzer einer kleinen Herde. Die Mutter bereitete aus der Schafsmilch Butter und Käse, und aus der Wolle wob sie Teppiche, die ihr Mann auf dem Markt verkaufte.

Als Munir siebzehn Jahre alt war, wurde das Stammesgebiet von einer verheerenden Dürre heimgesucht. Den Winter über war der Regen ausgeblieben. Verzweifelt hatten die Mädchen das Regenlied gesungen, in der Hoffnung, die Regenmutter würde Regen spenden.

Doch vergebens. Weit und breit waren keine Wolken in Sicht.

»Bei Neumond beginnt der Fastenmonat, Ramadan. Vielleicht bringt der heilige Monat Regen mit sich«, hoffte Jasmin. Sie tröstete ihren Sohn, der sich um seine Herde sorgte.

Obgleich der Regen auch im Ramadan ausblieb, wollten die Zeltbewohner das Fest des Fastenbrechens nicht ausfallen lassen.

Munir und sein Vater nahmen ein Schaf aus der Herde, das keine Lämmer mehr werfen konnte. Sie luden das Tier auf den Esel und machten sich auf den Weg zum Markt.

Vor Anbruch der Mittagshitze hatten sie den Verkauf getätigt. Mit dem dritten Händler waren sie über den Preis einig geworden. Mit den Münzen, die ihnen das Schaf einbrachte, kauften sie Geschenke für das Fest. Nachdem sie eine Weile über den Basar geschlendert waren, machten sie sich mit gefüllten Satteltaschen wieder auf den Heimweg.

»Wie gut, dass ihr das Henna nicht vergessen habt«, lobte Jasmin, als sie am Abend die Hennapaste anrührte.

»Es sieht aus wie ein Kuhfladen«, gab ihr Munir zu verstehen.

»Aber es riecht nicht so«, beruhigte ihn die Mutter.

Der folgende Winter brachte genügend Regen. Einmal fielen sogar Schneeflocken auf die Zeltdächer. Die

Kinder suchten die Flocken zu erhaschen und wunderten sich nicht wenig, als die weißen Flocken in ihren Händen zu schmelzen begannen.

»Es ist das zweite Mal in meinem langen Leben, dass ich Schnee sehe«, berichtete ein Greis.

In diesem Winter füllten sich die Zisternen mit Regenwasser, und die Wüste grünte. An vielen Stellen wuchsen Blumen und Kräuter. Nach dem kalten Winter freuten sich die Zeltbewohner über die Frühlingssonne.

Da man wegen der Dürre die Hochzeitsfeste ausgesetzt hatte, fanden in diesem Frühling mehr Feste statt als gewöhnlich. Munir zog von einem Hochzeitsfest zum anderen und tanzte bis zum Morgengrauen.

Für Diebe und wilde Tiere sind solche Feste immer eine willkommene Gelegenheit, um Beute zu machen. So war es auch dieses Mal.

Munirs Herde lagerte neben dem Zelt. Als der junge Hirte beim Anbruch der Morgenröte, erschöpft vom vielen Tanzen, in sein Zelt zurückkehrte, wollte er seinen Augen nicht trauen: Er fand das Gehege leer.

Das Gattertor stand sperrangelweit auf. Der junge Hirte schlug sich auf die Stirn. Eilig machte er sich auf die Suche nach seiner Herde.

Sein Schreck war groß, als er am Rande der Schlucht auf das erste Opfer stieß. Der Schafsbock lag mit blutender Kehle im Sand. Der Hirte lief so schnell er konnte weiter in die Schlucht. Immer wieder stolperte er über

Tierkadaver. Am Ende der Schlucht fand er eine Handvoll verängstigter Schafe, die sich laut blökend aneinanderdrängten. Der Junge trieb den traurigen Rest seiner Herde zum Zeltlager zurück.

Sein lautes Schluchzen weckte die Eltern: »Was ist los?«, fragte der Vater und rieb sich den Schlaf aus den Augen.

Munir deutete auf das fast leere Gehege. Der Vater war fassungslos: »Wo ist die Herde?«

Munir zeigte in Richtung Schlucht.

Der Vater alarmierte die Stammesbewohner und ritt mit einem Dutzend Männer in die Richtung, die ihm sein Sohn gezeigt hatte. Kurz darauf stießen sie auf den Bock.

Ein alter Hirte untersuchte den Kadaver. »Ein Wolf hat ihn gerissen«, stellte er fest. Er betrachtete die Spuren im Sand: »Seine Spur führt in die Schlucht.«

Immer wieder stießen sie auf tote Schafe. »Das ist typisch«, bemerkte der alte Hirte. »Der Wolf begnügt sich nicht mit einem Schaf, er reißt immer viele Tiere.« Mit hängenden Köpfen kehrten die Männer zum Zeltlager zurück.

Der Vater begann sich Vorwürfe zu machen: »Warum haben wir nicht besser auf unsere Tiere geachtet? Die Schafe sind unser Hab und Gut.«

Jasmin schimpfte mit dem Wachhund: »Du Taugenichts! Du hast so viel Fladenbrot gefuttert und kannst nicht einmal Wache halten?«

»Du tust dem Hund unrecht«, widersprach ihr Mann. »Wäre der Wolf am Gatter gewesen, so hätte der Hund angeschlagen. Doch hier sind keine Wolfsspuren.«

Der Vater betrachtete die Gattertür. »Irgendeinem verdammten Schaf muss es gelungen sein, das Gatter zu öffnen, und die anderen Schafe sind ihm nachgelaufen.«

Munir betrachtete den traurigen Rest seiner Herde. Wut kochte in ihm hoch. Auch seine Mutter vermochte nicht, ihn zu besänftigen. Seit diesem Vorfall hatte er schlechte Laune.

Als eine Woche vergangen war, bedeutete Munir seinen Eltern, er wolle den Großvater besuchen.

»Das ist mir recht«, sagte die Frau zu ihrem Mann. »Der Besuch wird ihn zerstreuen.«

Munir sattelte den Esel und ritt los. Gegen Mittag traf er im Zelt seiner Großeltern ein.

Der Großvater, den die Nachricht von dem Unglück längst erreicht hatte, bemühte sich, Munir zu beruhigen. »Mein Enkelsohn, Allah gibt und Allah nimmt. Das Hirtenleben ist bisweilen hart. Es gibt zwei Gefahren für unsere Herden: Die erste ist die Dürre und die zweite die wilden Tiere.« Der Großvater seufzte. »Was der Hirte in Jahren aufgebaut hat, zerstört der Wolf in einer Nacht.«

Die Großmutter reichte ihrem Enkel eine Schale Buttermilch. Er nahm einen Schluck und stellte die Schale beiseite.

Der Taubstumme betrachtete die Jagdausrüstung seines Großvaters, die an der mittleren Zeltstange hing. »Du gehst nicht mehr auf Gazellenjagd«, bedeutete er dem Großvater, »gib mir Pfeil und Bogen und deine Lanze.«

»Was hast du vor?«, wollte der Großvater wissen. »Ich will den Wolf töten!«

»Einen Wolf zur Strecke zu bringen ist viel schwieriger, als Gazellen zu jagen«, gab der Großvater zu bedenken. »Bisweilen erlegt der Wolf den Jäger.«

Doch Munir hielt hartnäckig an seinem Vorhaben fest. Er bedrängte den Großvater so lange, bis dieser ihm nachgab und ihn im Umgang mit den Waffen unterwies.

Einen Monat lang übte Munir mit dem Großvater, die Lanze zu werfen und mit Pfeil und Bogen zu schießen. Zum Schluss gelang es Munir sogar, den Lederbalg, den der Großvater in die Luft warf, mit dem Pfeil zu treffen. Der Alte war mit ihm zufrieden. »Jetzt hast du dir die Jagdausrüstung redlich verdient«, gab der Großvater seinem Enkelsohn zu verstehen.

Munir nahm die Waffen dankbar entgegen und machte sich auf den Heimweg.

»Der Stammesahn möge dir beistehen«, wünschte die Großmutter zum Abschied.

Die Hirten des Zeltlagers belächelten Munir, als sie von seinem Vorhaben erfuhren.

»Der Taubstumme will sich zum Helden mausern«, höhnte einer der Hirten. »Dabei hört er den Wolf noch nicht einmal heulen«, setzte ein anderer hinzu.

Jasmin flehte ihren Sohn an: »Was geschehen ist, ist geschehen. Die Herde können wir nicht wieder lebendig machen. Du bist unser einziges Kind. Ich könnte es nicht ertragen, dich zu verlieren!«

Doch Munir war von seinem Vorhaben nicht abzubringen. Er füllte seinen Beutel mit Proviant, warf sich den Wassersack über die Schulter und nahm die Jagdausrüstung zur Hand. Dann machte er sich auf die Suche. Tagsüber hielt er nach den Spuren des Wolfes Ausschau, und bei Anbruch der Abenddämmerung kehrte er ins Zeltlager zurück.

Die Tage vergingen. Immer wenn er abends heimkehrte, stichelten die Hirten: »Oh, Jäger, ist dir der Wolf entwischt?«

Doch der Taubstumme ließ sich nicht beirren. Beharrlich setzte er die Suche fort.

Eines Nachmittags war Munir müde vom vielen Laufen. Im Schatten eines Felsvorsprungs setzte er sich nieder, aß ein Stück Fladenbrot und nahm einen Schluck Wasser. Als er sich gestärkt hatte, streckte er die Beine aus und stützte seinen Kopf gegen die Felswand. Er kämpfte gegen die Müdigkeit, doch nach einer Weile hatte ihn der Schlummer überwältigt.

Als der Schatten sich bis zum gegenüberliegenden Felsen verlängert hatte, kroch eine Schlange aus ihrem Loch und bewegte sich auf den Schlafenden zu. Munir schlug erst die Augen auf, als etwas über seinen Fuß kroch. Er sah aus dem Augenwinkel, wie sich die Schlange davonschlängelte. Als er die erste Schrecksekunde überwunden hatte, griff er nach Pfeil und Bogen.

Er hatte eben den Bogen gespannt, als der Wolf hinter dem Fels auftauchte. Blitzschnell drehte der Jäger den Bogen und zielte auf den Wolf. Sein Pfeil verfehlte das Ziel um Haaresbreite. Der Wolf stutzte einen Augenblick, dann setzte er zum Sprung an.

In diesem Moment warf Munir mit aller Kraft seine Lanze. Die Spitze der Lanze drang in den offenen Rachen des Wolfes.

Das wilde Tier taumelte.

Munir zielte noch einmal mit Pfeil und Bogen. Röchelnd brach der Wolf zusammen.

Der Taubstumme zitterte vor Erregung. Vorsichtig schaute er sich um. Die Schlange war verschwunden. Der Hirte zog seinen Dolch und ging auf die Beute zu. Du wirst keine Schafe mehr reißen, dachte er bei sich, während er dem Wolf das Fell abzog. Dann spießte er das Wolfsfell auf die Lanze und machte sich erleichtert auf den Heimweg.

Noch vor Sonnenuntergang erreichte er das Zeltlager. Die Hirten waren nicht wenig erstaunt, als sie Munir mit seiner Trophäe erblickten. »Wir haben den Taubstummen unterschätzt«, gab einer kleinlaut zu. Und ein anderer fügte hinzu: »Fürs Erste sind unsere

Herden wieder sicher.« Wie ein Lauffeuer verbreitete sich die Meldung vom Wolfsfell.

Jasmin, die keine Ruhe mehr gefunden hatte, seit ihr Sohn auf Wolfsjagd war, weinte vor Erleichterung.

Der Vater umarmte seinen Sohn voller Stolz: »Du bist der erste Jäger unseres Stammes, der einen Wolf erlegt hat.«

Schaulustige fanden sich vor dem Zelt ein, um den Jäger und seine Beute in Augenschein zu nehmen.

Die Nachricht von dem Wolfsfell erreichte auch die alte Hebamme des Stammes. Sie machte sich unverzüglich auf den Weg, um das Fell zu begutachten.

»Deine Hände mögen gesegnet sein«, gratulierte sie dem Hirten, und zu Jasmin gewandt sagte sie: »Das Wolfsfell ist nicht mit Goldmünzen aufzuwiegen.«

Jasmin nickte. »Unsere Herden sind jetzt sicher. Die Hirten können ruhig schlafen.«

»Nicht nur der Tiere wegen«, versetzte die Hebamme. »Das Wolfsfell schützt die Kinder.«

»Wie das?«, wollte Jasmin wissen.

»Die Mütter, deren Kinder nach der Geburt starben, werden deinem Sohn dankbar sein«, fuhr die Hebamme fort.

Jasmin machte ein ungläubiges Gesicht.

»Wenn Allah ihnen ein weiteres Kind schenkt, so werde ich das Neugeborene durch das Wolfsfell ziehen. Dann ist es gegen Krankheit geschützt und bleibt am Leben«, erklärte die Hebamme.

»Wenn es so ist«, lachte Jasmin, »wird dir mein Sohn das Wolfsfell sicher schenken.«

Die Geschichte von dem Taubstummen, der den Wolf erlegt hatte, breitete sich weit über die Stammesgrenzen hinaus aus. Immer wieder suchten Mütter mit ihren Neugeborenen Rat bei der alten Hebamme. Das Wolfsfell tat ihr gute Dienste.

Es wurde von Generation zu Generation vererbt, und die Geschichte von dem tapferen Taubstummen fand Eingang in die Stammesgeschichte.

Talal – Kind der Trage

Der zweite Anwärter von Amira hieß Talal. Als einziger der drei Bewerber gehörte er Amiras Stamm an.

Talal kam als Zwillingskind zur Welt. Und wenn ihn seine Zwillingsschwester, die als Erste geboren wurde, später ärgern wollte, so brüstete sie sich: »Ich bin die Ältere von uns beiden.«

Der Junge war von Geburt an klein und zierlich. Ging die Mutter ihrer Feldarbeit nach, so steckte sie Talal in eine Rückentrage, während sie die Zwillingsschwester auf dem Arm trug.

Talal liebte die Trage über alles, denn die wiegenden Bewegungen schaukelten ihn in den Schlaf. Nahm die Mutter ihn heraus und hängte die Trage an die Zeltstange, schrie Talal aus Leibeskräften.

»Du wirst mir allmählich zu schwer«, beschwerte sich die Mutter, »und im Übrigen bekommst du X-Beine.«

»Tragekinder werden faul, sie können später nicht einmal ein Huhn fangen«, bemerkte eine Nachbarin.

Es war ein harter Kampf, bis die Mutter Talal von der Trage trennen konnte. Und bis zu seinem Lebensende behielt Talal den Spitznamen »Kind der Trage« bei.

Obgleich Talal ein schmächtiger Junge war, hatte er einen starken Willen und war sehr durchsetzungsfähig. Da die Familie nicht genug Decken besaß, mussten die Kinder zu dritt unter einer Decke schlafen. Dabei war der mittlere Platz besonders begehrt und Anlass zu vielen Streitigkeiten. Wer in der Mitte lag, musste in der Nacht nicht um die Decke kämpfen, er konnte seelenruhig schlummern.

Selten musste die Mutter Talal ermahnen, schlafen zu gehen. Kaum hatte die Familie zu Abend gegessen, kroch der Junge unter die Decke und verteidigte den mittleren Platz mit Zähnen und Klauen.

Talals Vater, Schafik, war Stoffhändler. Während die Mutter das Zelt besorgte und sich um die Kinder kümmerte, war Schafik oft unterwegs. Hatte er eine längere Reise vor, klagte die Frau: »Hätte ich gewusst, dass aus dir ein Händler wird, hätte ich dich nicht geheiratet.«

Doch Schafik verteidigte seinen Beruf: »Mein Gewerbe ist abwechslungsreich. Ich komme viel herum, lerne fremde Menschen und Gegenden kennen. Ich kann mir keine andere Arbeit vorstellen.«

Mit den Jahren wuchs Talal heran. Er war mittelgroß und schlank von Gestalt, und wie es die Mutter befürchtet hatte, bekam er X-Beine.

»Du hast die Hinterbeine eines Kamels«, lachten die Kinder ihn aus, wenn sie ihn beim Rennen sahen.

»Kamele sind stark und können schnell laufen«, gab der Junge zurück.

Eines Tages, als die Kinder am Rande des Zeltlagers spielten, entdeckte Talal einen herrenlosen Esel. Er nahm das umherirrende Tier mit und band es an einem Zeltpflock fest.

»Woher hast du den Esel?«, wollte die Mutter wissen.

»Gefunden!«, erwiderte Talal.

Die Mutter betrachtete das Tier. »Dieses Brandzeichen kenne ich nicht«, stellte sie fest. »Sag im Scheichzelt Bescheid, dass dir ein fremder Esel zugelaufen ist. Sonst denkt am Ende noch jemand, du hast ihn gestohlen.«

Nachdem Talal den Scheich benachrichtigt hatte, gab er dem Esel zu trinken und fütterte ihn mit Heu. Mit der Zeit wurde der Esel kräftig und bekam einen kugelrunden Bauch. »Mein Esel ist der schnellste im ganzen Zeltlager«, freute sich der Junge. Den ganzen Frühling versorgte er den fremden Esel.

Eines Morgens tauchte ein Fremder im Zeltlager auf. Es stellte sich heraus, dass er auf der Suche nach seinem Esel war. »Er ist dunkelgrau und hat auf der linken Backe ein Brandmal in Form eines Hufeisens«, beschrieb er dem Scheich das Tier.

»Wann ist dein Esel verschwunden?«, wollte dieser wissen.

»Als der Winterregen vorüber war«, antwortete der Fremde.

»Ich glaube, wir können dir weiterhelfen«, lächelte der Scheich. Auf einen Wink hin machte sich der Sohn des Scheichs auf die Suche nach Talal.

Kurze Zeit danach erschien dieser mit dem Esel.

Der Fremde sprang auf und musterte das Tier von allen Seiten. Sein Gesicht strahlte, als er dem Esel über den Bauch strich. »Hab ich dich wieder, du Ausreißer!« Er wandte sich an den Jungen: »Hast du meinen Esel gefunden?«

Talal nickte.

»Er steht gut im Futter«, lobte der Besitzer den Jungen. »Du hast eine Belohnung verdient.«

Der Scheich nickte: »Talal ist in der Tat ein zuverlässiger Junge. Hätte er den Esel nicht an sich genommen, so hätte ihn vielleicht ein Wolf gerissen.«

»Ich weiß es zu schätzen«, betonte der Besitzer. »Der Esel ist von edler Herkunft. Ich hänge an diesem Tier. Schon seine Mutter hat mir lange Zeit Dienste erwiesen.« Er griff in seine Gewandtasche und reichte Talal zwei Piaster: »Für den ehrlichen Finder!«

Der Junge bedankte sich und rannte mit den Münzen in der Hand zu seiner Mutter.

»Für den Finderlohn kannst du dir ein Gewand kaufen«, freute sich die Mutter.

Als der Vater von seiner Reise zurückkehrte, empfing ihn Talal schon vor dem Zelt. »Ich habe zwei Münzen bekommen«, rief er aufgeregt.

»Von wem?«, wollte Schafik wissen.

»Der Besitzer des Esels ist aufgetaucht und hat mir als Belohnung zwei Piaster geschenkt.«

Der Vater strich seinem Sohn über die Wange: »Soll ich dir für die Münzen etwas vom Markt mitbringen?«

Talal zögerte.

»Hast du Angst um deine Münzen?«, lachte der Vater.

»Nein«, erwiderte sein Sohn. »Ich bin groß genug, ich möchte mir selbst auf dem Markt ein Gewand aussuchen.«

Der Vater war einverstanden: »Wie du willst. Ich muss in einigen Tages sowieso auf den Markt, um Stoffe zu kaufen. Da kannst du mich begleiten.«

Talal zählte die Tage und wartete ungeduldig auf den Aufbruch. Am Vorabend verfolgte er aufmerksam die Vorbereitungen.

Während der Vater am nächsten Morgen die leeren Satteltaschen am Reitsattel seines Kamels befestigte, trat Talal von einem Fuß auf den anderen und hielt seine Münzen fest. Selbst das Kämmen ließ er an diesem Morgen willig über sich ergehen.

Schafik bestieg das Kamel, und Talal setzte sich hinter ihn auf den Kamelrücken. »Halt dich fest!«, rief der Vater, als er mit dem Stock dem Kamel das Zeichen zum Aufstehen gab.

»Gute Reise!«, wünschte die Mutter zum Abschied.

Nach einem längeren Ritt erreichten die beiden zur Zeit des Mittagsgebets den Basar der Stadt. Schafik suchte unverzüglich den Stoffhändler auf, bei dem er seine Ware zu kaufen pflegte.

Als dieser ihn kommen sah, winkte er dem Kaffeehausbesitzer, der schräg gegenüber sein Geschäft betrieb, zu: »Bringe mir für den Gast aus der Wüste einen Kaffee und für den Jungen eine Limonade.«

Talal nippte andächtig an dem süßen Getränk. Noch nie in seinem Leben hatte er so etwas Köstliches getrunken.

Während der Vater die Stoffballen betrachtete und einige Stoffe prüfend durch seine Hände gleiten ließ, schaute der Junge dem Treiben in der Gasse zu. Ein bunt berockter Wasserträger, mit einem Kanister auf dem Rücken, machte lautstark auf sich aufmerksam.

Ein verstockter Esel, beladen mit schweren Säcken, wurde von seinem Besitzer durch die enge Gasse getrieben. Vor dem Obstverkäufer stand dicht gedrängt eine Traube von Menschen. Mit offenem Mund starrte Talal auf einen Stand, der Süßigkeiten in allen Farben feilbot. Dann wieder stiegen ihm die Düfte unterschiedlicher Gewürze in die Nase. Talal war überwältigt von den Eindrücken.

Mittlerweile hatte Schafik Stoffe ausgesucht und feilschte mit dem Händler über den Preis. »Ich bin Stammkunde bei dir«, suchte er den Händler zu überzeugen, während dieser lauthals verkündete, sein Gewinn werde immer schmäler und alles würde immer teurer. Nach längerem Gefeilsche einigten sich die beiden auf den Preis.

Dann wies Schafik auf seinen Sohn: »Ich habe dir einen neuen Kunden mitgebracht. Er sucht ein Gewand.«

Der Händler verschwand hinter einem Vorhang und kramte eine Weile. Mit einem safrangelben Gewand über dem Arm erschien er kurze Zeit später wieder: »Schaut euch diesen Kaftan an! Der Stoff ist fein gewoben, er glänzt wie die Sonne.«

»Wie teuer soll er sein?«, erkundigte sich Talal. Er griff in seine Tasche, um sich zu vergewissern, dass er seine Münzen nicht verloren hatte.

»Für den Sohn meines besten Kunden drei Piaster.«

Talal machte ein langes Gesicht. »Ich habe nur zwei Piaster.«

Der Stoffhändler öffnete seine Hand: »Nun gut, ich verzichte auf den Gewinn.«

Der Junge ließ die Münzen in die Hand des Händlers gleiten und nahm beglückt den Kaftan in Empfang.

»Du wirst darin aussehen wie ein Bräutigam«, bemerkte der Stoffhändler verschmitzt.

Talal senkte verlegen die Augen.

»Du hast es gut, Schafik«, wandte der Händler sich an den Vater: »Du hast einen Sohn, der dir bei der Arbeit helfen kann.« Er seufzte: »Mir hat Allah keine Kinder geschenkt.«

»Du hast einen großen Laden und bist wohlhabend«, tröstete ihn der Vater.

Der Stoffhändler half den beiden, die Stoffe in die Säcke zu packen.

»Wir erledigen unsere Einkäufe auf dem Basar. Bis dahin lassen wir unsere Waren bei dir«, sagte Schafik. Der Stoffhändler nickte.

Schafik und Talal kauften Kaffee, Tee und Zucker. Beim Schuster holten sie Sandalen, und schließlich erstanden sie noch einen Beutel Süßigkeiten für die Geschwister. Dann packten sie ihre Schätze in die Satteltaschen des Kamels, verabschiedeten sich wortreich von dem Stoffhändler und begaben sich auf den Heimweg.

Die Rückreise war beschwerlich, denn die beiden mussten die ganze Strecke zu Fuß zurücklegen. Schon bald klagte Talal über Schmerzen in den Beinen. Er bettelte so lange, bis der Vater nachgab und ihn auf das Kamel steigen ließ. »Nur bis zur nächsten Kreuzung«, betonte der Vater. »Ein Reiter muss Rücksicht nehmen auf sein Reittier.«

Im Laufe der Jahre begleitete Talal seinen Vater noch einige Male auf Geschäftsreisen. Doch dann stellte er fest, dass er sich für den Beruf des Händlers nicht eignete.

»Wer Handel treiben will, muss zwei Dinge können: Rechnen und Laufen«, hatte ihm sein Vater eingeschärft. Beides konnte Talal nicht allzu gut.

Einige Zeit spielte er mit dem Gedanken, später einmal Stammesrichter zu werden. Die Vorteile dieses Berufes schienen ihm auf der Hand zu liegen: Ein Richter musste seiner Arbeit nicht nachlaufen, die Arbeit kam zu ihm.

Talal verbrachte viel Zeit im Zelt des Stammeskadis und wohnte zahlreichen Verhandlungen bei. Doch allmählich langweilten ihn die Streitfälle, und er gab die Hoffnung auf, sein Brot als Richter zu verdienen.

Gelegentlich half Talal seinem Vater, ab und an molk er auch die Ziegen. Ansonsten trieb er sich in der Gegend herum.

Die Mutter begann sich Sorgen um ihren Sohn zu machen. »Händler zu sein ist dir zu anstrengend«, klagte sie. »Stammesrichter zu sein ist dir zu langweilig, und für den Hirtenberuf bist du nicht kräftig genug.« Die Mutter schüttelte den Kopf. »Irgendetwas musst du doch können!«

»Ich bin jung, das Leben liegt noch vor mir«, wehrte Talal ab.

Um sich die Zeit zu vertreiben, besuchte Talal ein Hochzeitsfest nach dem anderen. Bisweilen legte er auf seinem Esel weite Strecken zurück und tauchte erst nach Tagen wieder im Zeltlager auf. Tanzen konnte er zwar nicht mit seinen X-Beinen, doch er war ein leidenschaftlicher Sänger. Er hatte eine klare Stimme.

Einmal, als Talal am frühen Morgen von einem Fest zurückkehrte, bat er seine Mutter um eine Tasse Tee.

»Schäm dich!«, fuhr ihn die Mutter an. »Während dein Vater sich abplagt, hast du nichts anderes im Sinn, als dich auf Festen zu vergnügen.« Sie streifte ihn mit einem Seitenblick. »Du krächzst wie ein Rabe.«

»Ich habe die ganze Nacht gesungen«, gab Talal zurück. Er rollte in der Ecke des Zeltes eine Matratze aus und legte sich schlafen.

»Was soll nur aus dem Jungen werden?«, murmelte die Mutter, während sie das Feuer anfachte. Sie wollte Kaffee kochen. »Andere sind erschöpft von der Arbeit, mein Sohn ist müde vom Singen.« Sie legte den Rost über das Feuer und starrte gedankenverloren in die züngelnden Flammen.

Talal zog sich missmutig die Decke über den Kopf, und bald waren nur noch seine regelmäßigen Atemzüge zu hören.

Unterdessen war Schafik, wie so oft, auf dem Weg zum Basar. Er hockte auf seinem Kamel, das ihn hin und her schaukelte, und dachte nach. »Wie lange werde ich das Händlerdasein noch verkraften? Ich vermisse meine Familie.« Er betrachtete seinen wandernden Schatten. »Ich bin allmählich in dem Alter, wo man sich zur Ruhe setzt und seine Söhne arbeiten lässt.«

Am späten Nachmittag erreichte Schafik den Basar. Wie gewöhnlich suchte er den Stoffhändler auf. Verwundert trat er durch den Ladeneingang. Der Laden war überfüllt mit Stoffballen in allen Farben.

»Sami, wo bist du?«, rief er den Händler.

»Hier«, antwortete der Angesprochene und suchte sich einen Weg durch seine Waren zu bahnen. »Ich ersticke in meinen Stoffen«, keuchte er.

»Woher stammt die Ware?«, wollte Schafik wissen. »Eine Schiffsladung aus China ist eingetroffen. Beste Ware zu günstigem Preis«, erzählte der Stoffhändler, »und ich war rechtzeitig am Hafen.« Er strahlte über das ganze Gesicht. »Ich habe mein gesamtes Vermögen für diese Ladung ausgegeben. Greif zu, eine so günstige Gelegenheit klopft nicht zweimal an die Tür.«

Schafik musterte die Stoffe, ließ sich die Preise sagen und rechnete. Er witterte das Geschäft seines Lebens. Er begann, die Stoffe zu durchwühlen, wählte von diesem und jenem einen halben Ballen und war guter Dinge.

Der Stoffhändler ermunterte ihn: »Bezahl die Stoffe, wenn du sie verkauft hast. Ich stunde dir, was dir an Münzen fehlt.«

Schafik nahm das Angebot freudig an. Am Ende lagen drei Kamelladungen voll Stoff vor ihm. Wohlwollend verfolgte der Händler das Geschäft.

Schafik lieh sich noch zwei Kamele von der Karawanserei, dann trat er beglückt den Heimweg an. »Wenn ich alle Stoffe verkaufe, habe ich ausgesorgt«, rechnete er sich aus und strahlte über das ganze Gesicht.

Als die kleine Karawane im Zeltlager eintraf, wusste die Frau nicht, ob sie weinen oder lachen sollte. »Hast du den Verstand verloren?«, fragte sie ihren Mann. »Willst du im Zeltlager einen Basar aufmachen?«

Überschwänglich umarmte Schafik seine Frau. »Eine einmalige Gelegenheit! Wenn ich diese Ware los bin, verkaufe ich die Satteltaschen und bleibe bei dir.«

»Dein Wort in Allahs Ohr«, hörte er seine Frau sagen.

»Wo ist Talal?«, erkundigte sich Schafik. »Er soll mir beim Abladen helfen.«

»Er ist mit zwei Freunden zu einem Hochzeitsfest aufgebrochen«, erwiderte die Frau.

»Das Schwert der Tänzerin soll ihn treffen!«, fluchte der Vater. Er begann, die schweren Säcke abzuladen. Die Frau half ihm dabei.

Die Stoffballen türmten sich bis zum Zeltdach. Zufrieden ließ sich Schafik auf den Teppich nieder und schlürfte genussvoll eine Tasse Tee. Während er mit seiner Frau über seine Zukunftspläne plauderte, warf er ab und zu einen Blick auf die Waren.

An diesem Abend ließ Amira Talal die Botschaft überbringen, er solle eine zweite Geschichte für sie erfinden.

Der junge Mann erinnerte sich, wie viel Mühe ihn die erste Geschichte gekostet hatte. Erschöpft vom ausgiebigen Feiern trat er mit seinem Esel die Rückreise an. Der Gedanke an Amira ließ ihn nicht los.

Als Talal weit nach Mitternacht durch den Zelteingang schlüpfte, lagen alle in tiefem Schlummer. Er legte sich auf seine Matratze. Doch obgleich er müde war, konnte er keinen Schlaf finden. Er wälzte sich noch eine Weile hin und her, dann erhob er sich, um das Feuer anzufachen. »Eine Tasse Tee wird mich beruhigen«, dachte er bei sich.

Während die Flammen aufzüngelten, entdeckte er im Feuerschein die gestapelten Stoffballen. Er fasste sich an den Kopf: »Mein Vater will die Wüstenbewohner alle auf einmal einkleiden.« Doch dann plagte ihn das schlechte Gewissen: »Wie lange muss mein Vater von Stamm zu Stamm reiten, bis er die Stoffe alle los ist?« Nach der dritten Tasse schmeckte ihm der Tee bitter. Den letzten Schluck spuckte er in hohem Bogen in die zischende Glut. Dann legte er sich zur Ruhe.

Gegen Morgen kam ein starker Ostwind auf. Er blies durch die Zeltlöcher und blähte das Zeltdach auf. Die restliche Glut wirbelte durch das Zelt und landete auf den Stoffballen, die sich in Windeseile entzündeten.

Ein Nachbar, der neben seinem Zelt die rituelle Waschung für das Morgengebet vollzog, sah Rauchschwaden in den Himmel steigen und weckte mit lautem Geschrei die Zeltbewohner.

Hastig packten Schafik und seine Frau die Kinder und flüchteten aus dem Zelt. Schafik versuchte noch ein paar Habseligkeiten zu retten, doch die Flammen hatten bereits die Zeltbahnen erfasst. Hilflos mussten sie zusehen, wie ihr Hab und Gut von den Flammen gefressen wurde.

Schafik, der fassungslos vor den traurigen Resten

seines Zeltes stand, jammerte: »Das Zelt ist weg, die Stoffe sind verbrannt. Ich bin ruiniert!«

Seine Frau schluchzte: »Wir sind verschuldet bis über beide Ohren. Was soll aus uns werden?«

Talal stand kreidebleich neben seinem Vater und starrte auf die Rauchschwaden. »Ich habe in der Nacht Feuer angefacht«, stammelte er.

»Hast du die Glut nicht gelöscht?«, fuhr ihn der Vater an.

Talal schwieg.

Schafik war außer sich. Rot vor Zorn packte er seinen Sohn am Kragen. Nur mit größter Mühe gelang es den Nachbarn, Talal zu befreien.

»Du hattest Glück im Unglück«, bemerkte der Nachbar, »ihr seid alle unversehrt.«

Schafik zitterte vor Wut.

»Was geschehen ist, ist geschehen«, suchte ihn der Stammesälteste zu beruhigen.

Doch Schafik war nicht zu bändigen. »Was habe ich verbrochen, dass ich so bestraft werde?«, schrie er.

Unterdessen traf der Scheich ein. »Schafik und seine Familie sind meine Gäste«, sagte er und legte seine Hand auf Schafiks Schulter.

Er geleitete die Familie zu seinem Zelt. Während er sich um seine Gäste kümmerte, trafen die ersten Spenden ein: Eine Frau ließ eine Zeltbahn überbringen, eine zweite schleppte eine Zeltstange herbei, und ein Mann spendierte einen Teppich. Am späten Nachmittag entstand notdürftig ein kleines Zelt, das die Stammesbewohner so wohnlich wie möglich eingerichtet hatten.

Schafik bedankte sich für die Hilfsbereitschaft.

An diesem Abend saß die Familie in dem kleinen Zelt beisammen. Die Stimmung war bedrückt. Während Talal in einer Ecke kauerte und sich nicht rührte, drückten sich die jüngeren Geschwister verängstigt an die Mutter.

»Wir haben den Zeltbrand unversehrt überlebt«, tröstete sich die Mutter, »wir dürfen die Hoffnung nicht aufgeben.«

»Noch haben wir unsere kleine Herde«, sprach sich der Vater Mut zu. »Den Handel werde ich wohl oder übel aufgeben.«

»Dann bist du wenigstens bei mir«, setzte die Frau mit bitterem Humor hinzu. Sie legte ihren Arm um die Schulter ihres Mannes: »Mein Brautschmuck ist in seinem Versteck. Er wird einen Teil der Schulden decken.«

Nach und nach kehrte für die Familie der Alltag wieder ein.

Talal war nach dem Zeltbrand wie ausgewechselt. Was er bislang nur zum Spaß betrieben hatte, verfolgte er nun mit großer Ernsthaftigkeit: Er hatte beschlossen, Sänger zu werden. Jede freie Stunde nutzte er zum Üben. Unzählige Male wiederholte er die Texte und Melodien der Lieder. Sein Talent sprach sich herum, und bald bekam er die ersten Aufträge, auf Festen zu singen. Was immer er verdiente, gab er seinem Vater. Mit der Zeit schmolz der bedrückende Schuldenberg.

»Etwas Gutes hatte der Brand«, bemerkte Schafik zu seiner Frau, als er die Münzen zu zählen begann, »Talal hat den Ernst des Lebens begriffen.«

»Jeder kann aus Versehen einen Zeltbrand verursachen, doch nicht jeder zieht daraus eine Lehre«, pflichtete ihm seine Frau bei.

Mit der Zeit wurde Talal zum berühmtesten Sänger der Gegend.

Eines Abends trug Talal auf einem Hochzeitsfest mit großer Leidenschaft seine Lieder vor. Seine Stimme stockte, als er im Mondlicht die Braut auf dem Weg in das Brautzelt erblickte. Wehmütig dachte er an Amira. In wenigen Tagen sollte er ihr seine Geschichte erzählen. Nur mit Mühe und Not konnte Talal seinen Auftritt zu Ende führen.

Am nächsten Tag lag er gedankenversunken auf dem Teppich und sprach nur wenig.

»Ich verstehe, du musst deine Stimme schonen«, wandte sich die Mutter an ihren Sohn und reichte ihm eine Schale Buttermilch.

»Das ist es nicht«, erwiderte Talal mürrisch.

Die Mutter ließ sich auf dem Teppich nieder: »Du brauchst dir keine Sorgen zu machen. Die Schulden sind fast abgetragen, und das ist dein Verdienst«, betonte sie und fuhr fort: »Ich bin sehr stolz auf dich, mein Sohn.«

»Es sind nicht die Schulden, die mich bedrücken«, erwiderte Talal.

Die Mutter horchte auf. »Was ist es dann?«

»Ich möchte Amira heiraten. Als Brautgabe verlangt sie eine Geschichte von mir.«

Die Mutter fasste Talal an der Hand. »Du bist immer für eine Überraschung gut. Nicht einmal im Traum hätte ich gedacht, dass du mit deinen X-Beinen Chancen hättest, das begehrteste Mädchen der Wüste zu heiraten.«

»Amira wartet auf eine weitere Geschichte von mir«, stöhnte Talal.

»Dann streng dich an«, schlug die Mutter vor.

»Ich habe weder Zeit noch Ruhe«, hörte sie Talal sagen. »Du musst mir helfen!«

»Ich werde nachdenken«, versprach die Mutter.

Talal ging weiter seinen Verpflichtungen nach. Und immer, wenn er von einem Fest zurückkehrte, erkundigte er sich neugierig bei seiner Mutter nach der Geschichte.

»Beim nächsten Vollmond«, vertröstete ihn die Mutter.

Als er zwei Tage später um Mitternacht das Zelt betrat, war die Mutter noch wach. »Ich habe eine Geschichte für dich«, empfing sie ihren Sohn. »Setzen wir uns vor das Zelt«, flüsterte sie ihm zu. »Lassen wir die anderen schlafen.«

Und Talal hörte mit gespannten Ohren der Geschichte von der Mutprobe zu.

Die Mutprobe

Die Geschichte von der Mutprobe trug sich vor langer Zeit bei einem berühmten Stamm zu. Dieser Stamm wurde von einem mächtigen Scheich geführt, der für seine Strenge bekannt war. Niemand wagte es, sich ihm zu widersetzen.

Der Scheich, der den Namen Alkabir, der Große, trug, heiratete mehrere Frauen in der Hoffnung auf zahlreiche Nachkommen, die seinen Ruf stärken und seine Nachfolge sichern sollten.

Doch das Schicksal war ihm nicht gewogen. Seine drei Frauen gebaren ihm keine Kinder. Die Stammesbewohner erzählten sich hinter vorgehaltener Hand, die Schuld liege beim Scheich. Dieser jedoch war der Überzeugung, dass seine Frauen nicht imstande wären, Kinder zu gebären. Er beschloss, einen neuen Versuch zu wagen, und heiratete eine vierte Frau.

Nach sieben Jahren gebar die junge Frau eine Tochter. Der stolze Vater gab dem Mädchen den Namen Jasmin. Und da Jasmin sein einziges Kind blieb, beschloss der Scheich, sie wie einen Sohn aufzuziehen.

Jasmin wuchs heran, und alle Welt nannte sie die »Tochter des Großen«.

Das Mädchen war weder besonders hübsch noch besonders hässlich. Sie war von großer, schlanker Gestalt und hatte eine dunkle Stimme.

Der Scheich nahm Jasmin mit auf die Jagd, sie begleitete ihn auf Reisen und besuchte mit ihm fremde Stämme. Sie saß neben ihrem Vater im Männerzelt und empfing Gäste.

Ein besonderes Anliegen des Scheichs war es, seiner Tochter das Reiten beizubringen. Sie zeigte sich als gelehrige Schülerin und brachte es mit der Zeit zu großer Meisterschaft: Vom galoppierenden Pferd aus gelang es ihr, auf ein anderes Pferd zu wechseln. Jasmin nahm es mit den besten Reitern des Stammes auf. Bei Pferderennen ging sie des Öfteren als Siegerin durch das Ziel. Die Männer des Stammes betrachteten die Entwicklung argwöhnisch. »Wenn es so weitergeht, werden wir eines Tages von einer Frau geführt werden«, befürchtete der Stammesälteste.

»Den Eindruck habe ich auch«, stimmte ihm ein anderer zu. »Jasmin wiegt mehrere Söhne auf.«

Als das Mädchen das heiratsfähige Alter erreicht hatte, hielten ein Dutzend Scheichsöhne von nah und fern um ihre Hand an. Jasmin wehrte ab. Der Scheich, der sich Hoffnung auf Nachkommen machte, suchte die Bedenken seiner Tochter zu zerstreuen.

Nachdem zwei Jahre ins Land gezogen waren, wurde der Scheich ungeduldig. »Was gefällt dir an den Heiratsbewerbern nicht?«, bedrängte er seine Tochter. »Ein Mädchen muss heiraten.«

»Ich heirate nur einen Mann, der ebenso stark ist wie ich«, gab Jasmin zurück. »Was soll ich mit einem Schwächling anfangen?«

»Dann stelle sie auf die Probe«, riet der Vater. Jasmin dachte nach. Dann fand sie eine Lösung.

Fern vom Stammeslager errichtete sie ein Zelt, dessen Zeltbahnen dicht gewoben waren und keine Löcher aufwiesen. Dann lud sie die Scheichsöhne zu einer Mutprobe ein. Die zwölf Bewerber folgten der Einladung.

Jeder von ihnen hatte sich für die Mutprobe gerüstet. Der eine trug eine Lanze, der zweite ein Schwert, ein dritter hatte seinen Dolch im Gurt, ein vierter hatte Pfeil und Bogen mitgebracht.

»Ihr sollt weder kämpfen noch wilde Tiere erjagen«, empfing Jasmin die jungen Männer und geleitete sie zum Zelt. »In diesem Zelt habe ich Feuer angefacht. Es ist finster vor Rauch. Wer von euch am längsten darin auszuharren vermag, soll mein Bräutigam sein.«

Der Erste betrat mutig das Zelt und hockte sich an die Feuerstelle. Es war dunkel, und die Rauchwolken drangen in seine Nase. Er versuchte, standhaft zu bleiben, doch nach kurzer Zeit stürzte er laut hustend hinaus.

Jasmin winkte dem zweiten Bewerber. Auch dieser tauchte wenig später mit triefender Nase und Augen wie Tomaten wieder aus dem Zelt auf.

Den Dritten hörte man schon im Zelt fluchen: »Ein teuflischer Plan!« Als er sich vor dem Rauch ins Freie rettete, ließ er einen Furz fahren.

So trieb Jasmin ihr Spiel, bis der letzte Bewerber an die Reihe kam.

»Tritt ein!«, forderte Jasmin ihn auf.

Der Scheichsohn zuckte mit den Schultern.

»Du zögerst? Hältst du dich für besser als die anderen?«

»Nicht für ein Dutzend Mädchen wie dich würde ich mich einer solchen Probe unterwerfen«, gab der Scheichsohn zurück.

Vergeblich suchte Jasmin ihn umzustimmen.

Während den anderen der Rotz aus der Nase lief und die Augen tränten, bestieg der junge Scheichsohn voller Stolz seine Stute.

»Warte!«, hielt Jasmin ihn zurück. »Wer sich der Unterwerfung widersetzt, ist würdig, mein Bräutigam zu sein.«

Der Scheichsohn hob Jasmin auf sein Pferd und ritt mit ihr davon.

Verdutzt schauten die anderen den beiden nach. Jasmin heiratete den stolzen Bewerber und war, zur Freude des alten Scheichs, mit vielen Kindern gesegnet.

Khalil – Kind der Wiege

Der dritte Bewerber, der um Amiras Hand anhielt, hieß Khalil.

Khalil ließ sich nicht beirren, als er von der neuerlichen Aufgabe erfuhr, Amira eine zweite Geschichte zu erzählen. Er hoffte inständig, aus diesem Wettbewerb als Sieger hervorzugehen.

Khalil war der Sohn eines Scheichs aus dessen Verbindung mit seiner ersten Frau Salwa. Diese hatte vor Khalil eine Tochter geboren, dann einen Sohn, der jedoch kurz nach der Geburt starb. So war Khalil der erstgeborene Sohn des Scheichs, der später seine Nachfolge antreten sollte.

Der Scheich heiratete im Laufe der Jahre noch zwei weitere Frauen, die neben dem großen Scheichzelt ihre kleinen Zelte aufschlugen. Dort lebten sie mit ihren Kindern.

Das große Scheichzelt war zweigeteilt. Die rechte Hälfte war den Männern vorbehalten. In diesem Teil des Zeltes wurden die Gäste empfangen und Recht gesprochen. Die andere Hälfte bewohnte Salwa mit ihren Kindern.

Khalils Mutter, die selbst auch einer Scheichfamilie entstammte, war eine kluge und feinfühlige Frau mit einer besonderen Gabe für Dichtung. Obgleich sie nie lesen und schreiben gelernt hatte, kannte sie eine Vielzahl von Versen auswendig. Man rühmte ihr Gedächtnis. Sie brauchte ein Gedicht nur einmal zu hören, um sich die Verse einzuprägen.

Salwa war bestrebt, ihrem Sohn die Neigung zur Poesie schon von Kindesbeinen an zu vermitteln. »Dichtung verfeinert die Persönlichkeit«, pflegte sie zu sagen.

Als Khalil geboren war, baute Salwa eine Wiege für ihren Sohn. An die vier Ecken eines kleinen Teppichs band sie Seile, die sie an den Zeltstangen befestigte. Auf den Teppich legte sie ein Lammfell. Und immer, wenn der Kleine schrie, legte die Mutter ihn in die Wiege, schaukelte ihn und trug ihm Verse vor.

Gerne rezitierte sie das folgende Gedicht:

Man brachte die Schönheit, um ihn zu vergleichen;
Da senkte die Schönheit beschämt ihr Haupt.
Man sprach: Oh Schönheit, sahst du dergleichen?
Sie rief: Das zu sehen hätt ich nie geglaubt.

So ging Khalil die Dichtung in Fleisch und Blut über. »Dein Sohn ist ein Wiegenkind«, pflegte der Scheich zu sagen, wenn er den Kleinen in der Wiege schlummern sah.

Khalil wuchs heran. Im Laufe der Jahre gebar die Mutter noch weitere vier Kinder, doch Khalil war und blieb ihr Lieblingssohn.

Trafen Gäste im Scheichzelt ein, so war der Junge oft zugegen. Er lauschte aufmerksam den Gesprächen, auch wenn er noch nicht alles begreifen konnte.

Eines Tages bekam der Scheich einen Brief aus der Stadt. Behutsam faltete er das Papier auseinander und betrachtete es eingehend. Er erkannte einen Stempel, der das Papier als Dokument auswies, doch entziffern konnte er das Schreiben nicht.

Im ganzen Zeltlager fand er niemanden, der des Lesens mächtig gewesen wäre. Nachdenklich saß der Scheich in seinem Zelt und hielt das Papierstück in der Hand. »Was hast du?«, fragte Salwa, die gerade dabei war, die Teppiche auszuschütteln.

»Ich fühle mich wie ein Taubstummer auf dem Hochzeitsfest«, erwiderte der Scheich. »Man hat mir ein Dokument geschickt, und ich kann nicht einen Buchstaben entziffern.«

Salwa überlegte eine Weile. Dann sagte sie: »In meinem Stamm gibt es einen alten Koranlehrer. Ihn könntest du um Hilfe bitten.«

Der Scheich drehte das Dokument um: »Ich weiß nicht einmal, was oben und unten ist.« Er faltete das Papier wieder zusammen. »Lesen und Schreiben müsste man können«, murmelte er.

Salwa blickte ihren Mann an. »Ja, die Zeiten haben

sich geändert. Heutzutage sollte ein Scheich schreiben und lesen können.«

»Du hast recht«, stimmte ihr der Mann zu. »Ich bin zu alt, um diese Kunst zu erlernen. Doch Khalil soll mit der arabischen Schrift vertraut werden.«

»Das ist eine kluge Entscheidung«, meinte Salwa. »Wer aus der eigenen Hand trinkt, wird keinen Durst leiden.«

Der Scheich beschloss, den Koranlehrer aus Salwas Stamm zu sich zu bitten. Gesagt, getan! Unverzüglich schickte er einen Reiter los. Und schon am nächsten Tag traf der alte Koranlehrer ein.

»Gegrüßt sei der Gelehrte«, empfing der Scheich den Gast und geleitete ihn in das große Zelt.

Nachdem er den Besucher bewirtet hatte, holte er aus seiner Gewandtasche das zerknitterte Papier und reichte es ihm. Erwartungsvoll blickte der Scheich den Koranlehrer an.

Der Lehrer schmunzelte: »Der Händler Abu-Ahmed aus der Stadt bittet dich, deine alten Schulden zu begleichen. Du hast eine Frist bis zum nächsten Neumond, dann geht er zum Kadi.«

Das Gesicht des Scheichs wurde lang.

»Hattest du auf eine Einladung gehofft?«, fragte der Koranlehrer verschmitzt und fügte hinzu: »Nicht immer ist es vorteilhaft, lesen zu können.«

»Sei es drum«, erwiderte der Scheich. »Schreibe dem Händler bitte folgenden Brief:

Ein Beduine raubt, aber er begleicht seine Schulden. In einem Monat werde ich Lämmer auf dem Markt verkaufen, dann bekommst du deine Münzen zurück.«

Der Koranlehrer schrieb die Worte des Scheichs nieder.

»Ich habe dich noch aus einem anderen Grund hierher gebeten«, sagte der Scheich nun und reichte dem Gast ein Schälchen Kaffee. »Die Zeiten haben sich geändert. In Zukunft muss ein Scheich lesen und schreiben können.« Er blickte den alten Lehrer an: »Kannst du meinen Sohn Khalil unterrichten?«

Der Koranlehrer nahm einen tiefen Zug aus seiner Zigarette.

»Wie lange brauchst du, meinem Sohn Lesen und Schreiben beizubringen?«, drängte ihn der Scheich.

»Das kommt darauf an, wie klug dein Sohn ist«, erwiderte der Koranlehrer.

»Khalil, komm her!«, rief der Scheich seinen Sohn. »Begrüße den Gast und trage ihm ein Gedicht vor!« Khalil trat in das Scheichzelt, verneigte sich vor dem Gast und begann zu rezitieren:

Reise! Du findest Ersatz für ihn,
von dem du dich trennst.
Mühe dich ab! Denn die Süße des Lebens
besteht in der Mühe.
Das Stillsitzen, deucht mich,
bringt weder Ansehen noch Einsicht.

Nein, nur ein kümmerlich Dasein;
drum lasse die Heimat und zieh!

Ich habe gesehn, wie die Ruhe des Wassers
ihm Fäule bringet.
Doch fließt es, so ist es frisch;
wo nicht, bleibt's trübe stehen.

Nähme der Mond nicht ab,
so würde das Auge des Menschen
nicht immer auf ihn schauen,
um seine Zeichen zu sehen.
Verließe der Löwe nicht sein Lager,
er fänd keine Beute.
Verließe der Pfeil nicht den Bogen,
er würde sein Ziel nicht erreichen.
Bleibt das Gold in der Mine,
so gleicht es doch nur dem Staube.
Und Aloe ist in der Erde dem Brennholz
zu vergleichen.
Doch geht dies in die Ferne, so ist es kostbar an Wert.
Und Aloe wird in der Ferne noch höher als Gold geehrt.

»Du hast Sinn für Poesie«, lobte der Lehrer den Jungen. »Wie alt, bist du?«

»Zehn Jahre«, erwiderte Khalil.

»Seine Mutter hat ihm die Gedichte beigebracht«, bemerkte der Scheich voller Stolz.

»Und bei mir wird er Lesen und Schreiben lernen«, sagte der Lehrer.

Der Scheich und sein Gast unterhielten sich eine Weile. Im Laufe des Gesprächs kamen sie überein, dass der Koranlehrer nicht nur Khalil, sondern auch andere Kinder des Zeltlagers unterrichten sollte.

Einen Monat, nachdem der Lehrer den Brief entziffert hatte, traf er im Stammeslager ein. Nicht weit vom Scheichzelt entfernt schlug er sein Zelt auf. Einige Stammesbewohner halfen dem Lehrer bei der Arbeit, andere beäugten argwöhnisch die neue Schule.

Am Abend versammelten sich die Bewohner des Zeltlagers im Scheichzelt.

Der Scheich wandte sich an die Anwesenden: »Die Koranschule ist für alle offen. Der Koranlehrer wird die Kinder mit der arabischen Schrift und mit der Religion vertraut machen.«

Der Scheich hielt kurz inne, er wandte sich an den Lehrer: »Was verlangst du für deine Dienste?«

Der Koranlehrer räusperte sich. »Wer sein Kind in die Schule schicken will, muss mir pro Monat einen Piaster bezahlen. Donnerstags bekomme ich von jedem Schüler ein Ei. Der Freitag ist schulfrei.«

»Wie lange dauert es, bis die Kinder lesen und schreiben können?«, wollte ein Vater wissen.

»Wenn sie eifrig lernen, ein Jahr«, erwiderte der Lehrer.

»Und wer soll in dieser Zeit meine Ziegen zur Weide führen?«, ereiferte sich der Vater.

Der Lehrer zuckte mit den Schultern.

»Du hast drei Söhne«, schaltete sich der Scheich ein. »Schicke einen zur Schule und die anderen zwei zu den Ziegen auf die Weide.«

Der Koranlehrer lächelte verschmitzt. »Wenn du zwei Kinder zu mir in die Schule schickst, so bekommst du Ermäßigung.«

Nach einigem Hin und Her trug der Lehrer die Namen von zwei Dutzend Kindern in sein Heft ein.

Am nächsten Tag sollte die Schule beginnen. Schon im Morgengrauen wurden die Kinder geweckt.

»Du musst dich für die Schule waschen und ein frisches Gewand anziehen«, mahnte Salwa ihren Sohn. Sie packte Khalil Fladenbrot und Ziegenkäse in einen Beutel und reichte ihm ein Lammfell. »Darauf kannst du dich in der Schule setzen.«

Nach und nach trafen die frisch gebackenen Schüler im Zelt des Koranlehrers ein. Einige Kinder konnten nur mit Mühe überredet werden, in die Schule zu gehen. »Wenn du rechnen gelernt hast, kannst du deine Ziegen zählen«, munterte eine Mutter ihren Sohn auf, der nur widerwillig hinter ihr hertrottete.

Als die Schüler vollzählig waren, ließ der Lehrer sie im Halbkreis niedersitzen. Er wünschte einen gesegneten Morgen. Kleine und große Schüler saßen in der Runde und blickten ihn erwartungsvoll an.

»Wer Schreiben und Lesen lernen will, muss zuerst zwei Dinge können: still sitzen und zuhören!« Der Lehrer deutete zum Zelteingang. »Wenn die Sonne über dem Zeltdach steht, ist der Unterricht zu Ende.«

Er ließ sich auf seinem Teppich nieder und strich mit seiner Hand den Sand glatt.

»Die arabische Schrift hat achtundzwanzig Buchstaben. Jeden Tag bringe ich euch einen Buchstaben bei.« Er malte ein Zeichen in den Sand: »Dies ist das Alif, der erste Buchstabe des Alphabets.«

Die Kinder reckten ihre Hälse.

»Bis der Scheich in die Stadt reitet und Papier und Stifte besorgt, schreibe ich die Zeichen in den Sand«, gab der Lehrer bekannt und fuhr fort: »Jetzt seid ihr an der Reihe. Jeder soll ein Alif malen. Die Älteren sollen den Jüngeren helfen!«

Nachdem die Kinder lange genug den ersten Buchstaben geübt hatten, las der Lehrer Koranverse vor, die die Schüler auswendig lernen mussten. So ging der erste Schultag zu Ende.

Als Khalil aus der Schule zurückkehrte, empfing ihn seine Mutter mit einem Geschenk. »Ich habe dir eine Schultasche bestickt.«

Khalil hielt die schwarze Stofftasche mit dem grünroten Muster hoch und betrachtete sie.

»Freust du dich?«, wollte die Mutter wissen.

Khalil nickte: »Die Kamelkarawane gefällt mir besonders gut.«

»Wenn du erst gelernt hast, deinen Namen zu schreiben, kannst du ihn auf die Tasche malen, und ich besticke den Schriftzug«, versprach die Mutter.

Khalil war zufrieden.

Bereits am ersten Abend bestürmten die Männer den Lehrer. »Ist mein Sohn klug?«, wollte der eine wissen. »Hört mein Sohn gut zu?«, erkundigte sich der andere, und ein Dritter fragte: »Kann mein Sohn schon lesen?«

»Allah hat die Welt nicht an einem Tag erschaffen«, wiegelte der Scheich ab. »Wie sollen die Kinder nach ein paar Stunden schon lesen können?«

»Beim nächsten Vollmond wird dein Sohn seinen Namen schreiben können«, beruhigte der Koranlehrer den besorgten Vater. »Du wirst die Münzen nicht umsonst ausgeben.«

Nach dem vierten Schultag erinnerte der Lehrer die Schüler daran, die Eier nicht zu vergessen. »Morgen ist Donnerstag«, verkündete er.

Am nächsten Tag brachte jeder Schüler ein Hühnerei mit. Der Lehrer hatte im Sand eine Kuhle gegraben, in die er vorsichtig ein Ei nach dem anderen gleiten ließ. »Was macht er mit den vielen Eiern?«, flüsterte ein Schüler einem anderen ins Ohr.

»Ich weiß nicht«, erwiderte dieser.

»Kein Mensch kann so viele Eier essen.«

Eines Tages heckten Khalil und sein Freund Abdallah einen Streich aus. Als der Lehrer wie jeden Donnerstag seine Eier eingesammelt hatte und mit dem Unterricht begann, flüsterte Khalil Abdallah zu: »Das Nest ist voll!«

»Lehrer müsste man sein«, gab dieser zurück.

Nach einer Weile wandte sich der Lehrer an Khalil: »Was ist los mit dir, mein Junge? Schreibst du heute nicht mit?«

»Ich habe Kopfschmerzen«, klagte Khalil.

Der Lehrer winkte ihn zu sich und legte ihm die Hand auf die Stirn. »Wasche dein Gesicht mit kühlem Wasser«, forderte er den Jungen auf und reichte ihm den Wasserkrug.

Khalil tat so, als schwankte er. »Mir ist schlecht«, stöhnte er und ließ den Krug fallen.

Dieser landete mit Getöse in der Kuhle. Die Schüler johlten. »Die Eier! Alles Matsch!«

»Ruhe! Ruhe!«, brüllte der Lehrer. Die Zornesröte stieg ihm ins Gesicht. »Warum bleibst du nicht bei der Mutter, wenn du krank bist?«, herrschte er Khalil an.

»Ich wollte den Unterricht auf keinen Fall verpassen«, gab dieser zurück.

»Für heute ist der Unterricht beendet«, beschied der Koranlehrer und schickte die Kinder nach Hause. »So ein Pech«, murmelte er. »Für die Eier wollte ich eine Pluderhose eintauschen.«

Es kam, wie der Lehrer gesagt hatte. Nach einem Jahr hatten die Kinder Lesen und Schreiben gelernt und konnten Koranverse rezitieren. Nur ein Schüler konnte kaum mehr als seinen Namen schreiben.

»Ein hoffnungsloser Fall. Der beste Lehrer kann deinem Sohn nichts beibringen«, sagte er zu dem Vater, der ein langes Gesicht zog.

»Zwölf Münzen habe ich umsonst bezahlt«, murrte der Vater. »Hätte ich ihn doch lieber bei den Ziegen gelassen.«

Der Scheich richtete zum Schulabschluss ein Festessen aus, zu dem alle Stammesbewohner geladen waren. Man dankte dem Lehrer und verabschiedete ihn mit den besten Wünschen.

Khalil war ein fleißiger Schüler gewesen. Er las ohne zu stocken, und seine Handschrift war makellos. Mit den Jahren wuchs Khalil heran. Bekam der Vater Post aus der Stadt, so las ihm sein Sohn den Brief vor. Khalil brachte seinem Vater sogar bei, seinen Namen zu schreiben, sodass dieser nicht mehr mit dem Daumenabdruck zu unterschreiben brauchte. Dieser wiederum begann seinen Sohn mit den Aufgaben eines Scheichs vertraut zu machen.

Khalil wohnte vielen Sitzungen und Gesprächen im Scheichzelt bei. So lernte er die Sitten und Gebräuche der Vorfahren und er beobachtete, wie der Vater Streitigkeiten beizulegen pflegte. War der Vater auf Reisen, so nahm Khalil seinen Platz im Scheichzelt ein. Er fachte das Feuer an, kochte Kaffee und empfing die Gäste.

Salwa war stolz auf ihren Sohn und unterstützte ihn mit Rat und Tat. Dies missfiel den anderen beiden Fraue des Scheichs, die Khalil beneideten. Auch ihre Söhne missgönnten Khalil seinen Erfolg.

Nach einem heftigen Wortwechsel zwischen Salwa und den beiden anderen Frauen kam es zu einem offenen Streit. Die zweite Frau des Scheichs schimpfte Khalil einen Nichtsnutz, während ihr Sohn hart arbeitete.

Salwa nahm Khalil in Schutz. Als sich die Söhne der beiden Frauen einmischten, drohte der Streit in eine Schlägerei zu münden.

Nur dem Eingreifen des Scheichs war es zu verdanken, dass die Auseinandersetzung ein Ende fand. »Wie kann ich den Streit zwischen anderen schlichten, wenn in meinen eigenen Zelten kein Friede herrscht!«, zürnte der Scheich.

Bisweilen begleitete Khalil seinen Vater in die Stadt. Eines Tages wollten die beiden den Wochenmarkt besuchen. Der Scheich ritt seinen Hengst, einen Schimmel, und Khalil saß auf seiner jungen Stute. Auf halbem Wege schoss plötzlich ein Raubvogel aus dem Gebüsch. Der Hengst scheute, und noch ehe der Scheich die Zügel ergreifen konnte, hatte ihn das Pferd abgeworfen. Der Reiter stieß einen gellenden Schrei aus.

Khalil sprang von seinem Reittier und eilte seinem

Vater zu Hilfe. Der Scheich hatte eine Wunde am Kopf und er klagte über Rückenschmerzen. Mit Müh und Not gelang es Khalil, den Vater wieder auf den Hengst zu hieven. Er fasste die Zügel der beiden Pferde und trat den Rückweg zum Zeltlager an.

»Was ist passiert?«, erkundigte sich Salwa besorgt. »Warum seid ihr schon zurück?«

»Der Vater ist vom Pferd gestürzt.«

»Ein schlechtes Omen am frühen Morgen«, murmelte Salwa.

Die beiden hoben den Scheich vom Pferd, verbanden ihm den Kopf und legten ihn auf die Matratze. »Ich lasse den Derwisch kommen«, sagte Khalil. Kurze Zeit später stand der Derwisch am Krankenlager. Er untersuchte den Verletzten. »Die Wunde wird schnell heilen«, stellte er fest, »doch die Wirbelsäule ist verletzt. Das ist eine langwierige Angelegenheit.« Er strich noch einmal über den Rücken des Kranken. »Du bist auf einen Stein gefallen.«

Der Scheich nickte.

»Du musst deinen Rücken schonen«, riet der Derwisch. »Die nächsten Wochen darfst du das Schlaflager nicht verlassen. In einer Woche werde ich wieder nach dir sehen.«

Während Khalil den Derwisch hinausbegleitete, richtete Salwa für ihren Mann ein Schlaflager in ihrem Zeltabteil ein.

»Ich werde deinen Vater pflegen, und du kümmerst

dich um das Gastzelt«, beschied Salwa. »Ein Scheich muss ein offenes Ohr und ein dickes Fell haben«, fügte sie hinzu. »Viele Menschen tragen ihre Sorgen in das Scheichzelt und suchen Rat und Hilfe.« »Ich werde mich bemühen, in die Fußstapfen meines Vaters zu treten«, versprach der Sohn.

Bereits am frühen Morgen fachte Khalil das Feuer im Scheichzelt an und kochte Kaffee. Und am Abend war er zugegen, bis der letzte Gast das Zelt verlassen hatte.

»Es ist beileibe keine leichte Aufgabe«, stöhnte er.

»Mit der Zeit sammelst du Erfahrung und gewöhnst dich an die Pflichten«, tröstete ihn die Mutter.

Sieben Tage nach dem Sturz des Scheichs ließ Amira Khalil ausrichten, er solle für sie eine zweite Geschichte erfinden.

»Der Zeitpunkt ist ungünstig«, dachte Khalil bei sich, doch er hoffte, dass er bald Zeit finden würde, über eine Geschichte nachzudenken.

Am nächsten Morgen, als er wie üblich im Scheichzelt an der Feuerstelle saß, traf ein alter Mann ein. Sein Rücken war gekrümmt, und sein Gewand sah erbärmlich aus. Khalil reichte dem Gast den gewürzten Kaffee. Nach dem ersten Schluck begann dieser, Lobgesänge auf den Scheich vorzutragen. Er rühmte vor allem dessen Großzügigkeit.

Der Scheich, der hinter der Trennwand in Salwas

Zeltabteil lag, ahnte, was auf ihn zukam. Er gab Salwa eine Münze. »Steck sie deinem Sohn zu!«

In diesem Augenblick bog Khalil um die Ecke, um Wasser zu holen. »Was soll ich mit dem Bettler anfangen?«, erkundigte er sich.

»Gib ihm diese Münze«, erwiderte Salwa. »Es ziemt sich nicht für einen Scheich, einen Bettler abzuweisen. Der Alte soll das Zelt nicht umsonst aufgesucht haben.«

Khalil überreichte dem Gast die Münze. Dieser ließ die Münze in seine Tasche gleiten und verabschiedete sich, nicht ohne zu versprechen, die Großzügigkeit des Scheichs in allen Zelten zu rühmen.

Khalil geleitete den Bettler vor das Zelt und winkte ihm zum Abschied.

»Wenn der Alte die Lobgesänge allzu laut anstimmt«, flüsterte er seiner Mutter zu, »dann können wir uns vor Bettlern nicht mehr retten.«

»So schlimm wird es schon nicht kommen«, beruhigte ihn die Mutter. »Ein Bettler ist ein Dichter. Was er sieht, beschreibt er.«

In dieser Nacht lag Khalil im Scheichzelt auf der Matratze. Es herrschte Stille. Nur ein leichter Wind bewegte die Zeltbahnen. Obgleich die Nacht mild war, fröstelte Khalil. Er zog sich die Decke bis über die Nase und blickte starr zum Zeltdach hoch. Seine Gedanken kreisten um Amira. Er versuchte sich vorzustellen, wie ihre gemeinsamen Kinder aussehen würden. Er sann auch über eine Geschichte nach, doch das Bild des

Bettlers wollte nicht weichen. Erst spät nach Mitternacht überwältigte ihn der Schlaf.

Am frühen Morgen weckten Khalil die Rufe seiner Mutter: »Wach auf, mein Sohn! Es kommt ein Reiter.«

Schlaftrunken erhob sich der junge Mann. Er benetzte sein Gesicht mit Wasser, räumte eilig die Matratze zur Seite und trat vor das Zelt, um den Ankömmling zu empfangen.

Der Reiter, der eine edle Stute ritt und einen Umhang mit Goldbordüre trug, schien von vornehmer Herkunft zu sein.

Khalil drückte dem Gast die Hand, band den Zügel der Stute an einen Zeltpflock und rollte bunte Teppiche aus. »Der Gast sei gegrüßt!«

Der Fremde erkundigte sich nach dem Scheich. Khalil erzählte, was seinem Vater zugestoßen war.

Im Laufe des Gesprächs stellte sich heraus, dass der Gast ebenfalls Sohn eines Scheichs war. »Mein Vater und dein Vater sind sich vor langer Zeit einmal begegnet«, erzählte er und fuhr fort: »Ich bin auf der Suche nach einem Kamel. Da mich mein Weg an eurem Zeltlager vorbeiführte, wollte ich bei euch hereinschauen.«

»Wie ist dir dein Kamel abhanden gekommen?«, wollte ein Stammesbewohner wissen, der, angelockt durch die edle Stute, in das Scheichzelt trat.

Der Gast berichtete: »Vor ein paar Monaten, während der Brunstzeit, war mein Kamelhengst nicht zu bändigen. Da er begann Menschen anzugreifen, verpasste ich ihm einen Maulkorb und fesselte ihm die Vorderbeine. In der Nacht muss er sich losgerissen haben. Seitdem ist er verschwunden.«

Der Stammesbewohner nickte: »Ein wild gewordener Kamelhengst kann gefährlich werden.«

»Es ist ein wertvolles Tier«, bemerkte der Gast. »Ich möchte es so schnell wie möglich wiederfinden. Ist die Brunstzeit um, so ist der Kamelhengst wieder ganz friedlich.«

»Bist du schon lange auf der Suche?«, wollte Khalil wissen.

»Seit Wochen bin ich unterwegs«, entgegnete der Angesprochene.

»Leider haben wir nichts gehört oder gesehen von einem ausgerissenen Hengst«, sagte Khalil. »Doch wir wünschen dir viel Erfolg bei der Suche.«

Als der Gast nach dem Mittagessen aufbrechen wollte, hielt ihn Khalil zurück: »Du und dein Reittier, ihr braucht Ruhe. Ich schlage vor, dass du die Nacht bei uns zubringst und morgen deine Suche fortsetzt.«

Erst sträubte sich der junge Scheichsohn, doch nach einigem Zureden nahm er das Angebot an.

Gast und Gastgeber unterhielten sich angeregt bis spät in die Nacht.

Am nächsten Morgen bewirtete Khalil seinen Gast. Dieser bedankte sich für die Gastfreundschaft. »Bevor die Sonne am Himmel steht, breche ich auf«, kündigte er an. Er packte seine Satteltaschen und trat vor das Zelt. »Bring mir meine Stute«, bat er seinen Gastgeber.

»Sie ist neben meinem Zelt angepflockt«, erwiderte Khalil. »Ich hole sie.«

Khalil wollte seinen Augen nicht trauen, als er den Platz neben dem Zelt leer fand. Er fasste sich an das Kinn: »Vielleicht hat sich die Stute losgerissen und sich zu den anderen Pferden gesellt?«, mutmaßte er.

Khalil lief zu seinen Pferden, die zwei Steinwürfe vom Zelt entfernt grasten. Die Stute war nicht unter ihnen.

»Wer hat die Stute des Gastes gesehen?«, rief Khalil, so laut er konnte.

Aus allen Zelten eilten die Bewohner zusammen. Doch niemand hatte das Tier gesehen.

»Gestern Abend war die Stute noch neben dem Zelt. Ich habe sie selbst angepflockt und ihr Heu gebracht«, ereiferte sich Khalil.

Salwa betrachtete die Stelle, wo die Stute gestanden hatte. »Das Seil ist verschwunden«, stellte sie fest. »Jemand muss das Tier losgebunden haben.«

Die Stammesbewohner schauten sich betroffen an. »Wir haben Dutzende von Pferden, doch ausgerechnet das Pferd des Gastes wurde gestohlen«, zürnte der Scheich, der sich nicht rühren konnte.

Der Gast war bleich vor Schreck: »Ich bin auf der Suche nach meinem Kamel, und nun kommt mir auch noch meine Stute abhanden. Ich werde zum Gespött meiner Stammesbrüder!«

Khalil beruhigte den Besucher: »Ich als Gastgeber hafte nicht nur für deine Sicherheit, sondern auch für dein Hab und Gut. So sieht es das Gastrecht vor.« Er holte tief Luft: »Ich werde nicht ruhen, bis ich deine Stute aufgespürt habe. Bis dahin ist meine Stute deine Stute. Sie ist ebenfalls von edler Herkunft.«

Khalil übergab dem Gast sein Reittier. Dieser war erleichtert. Er befestigte seine Satteltaschen, verabschiedete sich und ritt davon.

Khalil aber setzte sich an das Krankenlager seines Vaters, um sich mit ihm zu beraten. »Wer wagt es, sich an der Stute meines Gastes zu vergreifen?«, empörte er sich.

»Mein Sohn, das Ansehen unseres Stammes steht auf dem Spiel«, fürchtete der Scheich. »Das letzte Mal habe ich von einem solchen Vorfall in meiner Jugendzeit gehört. Er trug sich in einem Nachbarstamm zu. Die Schande ist bis heute nicht getilgt.«

»Das Gastrecht ist heilig«, bemerkte Salwa.

Khalil schwor, die Stute aufzuspüren, koste es, was es wolle.

Der Vorfall gab auch Anlass zu Sticheleien: »Khalil taugt nicht zum Nachfolger«, murrten die anderen Frauen des Scheichs. Und: »Er ist eine Schande für seinen Vater.«

»Vor Diebstahl ist keiner gefeit. Ein Dieb kann den

Sultan stehlen«, gab Salwa zurück. »Mein Sohn wird sich auf die Suche machen.«

Khalil bat den Scheich: »Vater, ich brauche deinen Hengst. Ich habe keine Zeit zu verlieren.«

»Ein Hengst ist kräftiger als eine Stute. Er braucht einen straffen Zügel«, mahnte ihn der Vater. »Der Stammesahn möge dir bei deiner Suche beistehen.«

Salwa packte ihrem Sohn Proviant ein und füllte einen kleinen Lederbalg mit Wasser: »Allah beschütze dich, mein Augenschein!«

Als Khalil auf dem Hengst saß, erinnerte ihn seine Mutter, dass morgen Viehmarkt sei. »Vor Sonnenaufgang musst du den Markt erreichen. Vielleicht will der Dieb die Stute verkaufen.«

Der Sohn umarmte seine Mutter zum Abschied. Dann stürmte er auf dem Hengst davon und war bald in einer Staubwolke verschwunden.

Unterwegs fragte Khalil jeden, den er traf, nach dem vermissten Tier. Sie war schwarz, hatte weiß gezeichnete Fesseln und ein weißes Mal auf der Stirn. Ihr Schweif reichte bis zum Boden. Doch niemand konnte ihm helfen.

Auf dem Viehmarkt war das Pferd auch nicht zu finden. Ein alter Pferdehändler, dem Khalil von seinem Kummer erzählte, tröstete den jungen Mann: »Eine so prächtige Stute ist kein Schaf, das man schlachtet. Such geduldig weiter.«

Khalil ritt von einem Viehmarkt zum anderen, streifte durch Zeltlager und Dörfer, doch die Suche blieb erfolglos. Er dachte an seinen Vater, der krank daniederlag, und an seine Mutter, die in Sorge um ihn war.

Nach drei Wochen gab er die Hoffnung auf und kehrte um. Auf dem Rückweg kam er an einem Dorf vorbei. Hängenden Kopfes trottete er mit seinem Hengst durch einen Olivenhain, an dessen Ende ein Bauernhaus lag.

Eine Bäuerin holte soeben das Fladenbrot aus dem Backofen. »Oh Reiter, sei unser Gast!«, lud sie den Ankömmling ein.

Khalil, der hungrig und durstig war, nahm die Einladung erfreut an. Er stieg ab, befestigte die Zügel seines Hengstes an einem Feigenbaum und schaute sich um.

In diesem Moment trat der Bauer aus der Haustür. »Der Gast sei willkommen!«, begrüßte er den Fremden.

Khalil lief das Wasser im Mund zusammen, als er das gebratene Rebhuhn mit Reis und frischem Brot erblickte.

»Greif zu«, ermunterte ihn der Bauer. Während des Essens wandte er sich an Khalil: »Meine Frau hat mir heute Morgen von deinem Kommen erzählt.«

Khalil wurde hellhörig: »Wie das? Ist deine Frau Hellseherin?«

»Nein«, lachte der Bauer. »Du bist ihr heute Nacht im Traum erschienen.«

Khalil wunderte sich.

»Der Gast sucht eine edle Stute?«, fragte die Bäuerin, die eine Schale Joghurt über den Reis goss.

Khalil stockte: »Woher weißt du das?« Vor Schreck wäre ihm fast der Bissen im Hals stecken geblieben.

»Ich habe es geträumt«, erwiderte die Bäuerin.

Khalil schilderte den Bauersleuten ausführlich, was ihm zugestoßen war. »Hast du im Traum auch gesehen, wo die Stute ist?«, wollte er wissen.

Die Frau wiegte bedächtig ihren Kopf. »Die Stute ist in einer Höhle unweit eines Wadis. Doch in welcher Gegend die Höhle ist, kann ich dir nicht sagen.«

Khalil schöpfte Hoffnung. »Ich werde alle Höhlen der Wüste aufspüren, bis ich das Tier wiederhabe.« Er dankte den Bauersleuten und machte sich unverzüglich auf den Heimweg.

Beim Reiten kamen ihm die drei Höhlen seines Stammesgebietes in den Sinn. Er fasste den Entschluss, die Suche sogleich in diesen Höhlen zu beginnen. Das Glück stand auf seiner Seite. In der dritten Höhle wurde er fündig. Die Stute des Gastes war gefesselt, doch unversehrt. Vor ihr lag ein Haufen mit Heu.

Ohne zu zögern, durchtrennte Khalil mit seinem Dolch die Fessel, packte den Zügel der Stute und ritt los. Khalil war überglücklich. Als er das Scheichzelt erreichte, breitete sich große Freude aus. Salwa trällerte zum Empfang ihres Sohnes und befestigte eine weiße Fahne auf dem Zeltdach.

»Unsere Stammesehre ist wiederhergestellt«, beglückwünschte der Scheich seinen Sohn. Er beauftragte seinen Vetter, die Stute seinem Besitzer zurückzugeben und Khalils Tier einzulösen.

»Allah sei Dank, die Angelegenheit ist zu einem guten Ende gekommen«, freuten sich die Stammesbewohner, und der Scheich beschied: »Mein Sohn, du bist würdig, mein Nachfolger zu werden.«

Spät in der Nacht saß Khalil bei seiner Mutter und erzählte ihr ausführlich, was er unterwegs erlebt hatte.

»Die Geschichte ist merkwürdig«, meinte die Mutter. »Ein Dieb versteckt sein Diebesgut nicht so lange Zeit.«

Khalil wurde nachdenklich. »Wer sollte es sonst gewesen sein?«

»Jemand, der deinem Ansehen schaden wollte«, erwiderte Salwa. »Vielleicht sogar jemand aus dem engeren Familienkreis.«

»Traust du meinen Brüdern eine solche Tat zu?«, wollte Khalil wissen.

»Sie gönnen dir die Nachfolge nicht«, gab Salwa zu bedenken.

Khalil blickte seine Mutter an. »Wir sollten dem Vater von unserem Verdacht erzählen.«

Die Mutter wehrte ab. »Wer immer dir schaden wollte, hat sein Ziel verfehlt. Es ist klüger, den Verdacht für uns zu behalten. Dein Vater ist krank. Wir wollen jeden Streit vermeiden.«

Khalil ließ sich von dem Rat seiner Mutter überzeugen. Am nächsten Tag nahm er seine Arbeit im Scheichzelt wieder auf.

Die täglichen Verpflichtungen, der Sturz des Vaters und die Aufregung um die Stute seines Gastes ließen Khalil keine Zeit, sein Versprechen für Amira einzulösen. Seine Fantasie war gelähmt, und der Schlaf floh seine Augen. Da der junge Mann in der Nacht keine Ruhe fand, legte er sich des Öfteren tagsüber in die Hängematte.

»Es ziemt sich nicht, am Tag zu schlafen«, rügte ihn seine Mutter, »du solltest an der Feuerstelle sitzen.« Khalil verteidigte sich. Das eine Mal behauptete er, er sei müde, das andere Mal gab er an, er sei überfordert durch die vielen Pflichten.

»Du wirst dich mit der Zeit an die Aufgaben gewöhnen«, munterte ihn die Mutter auf.

Der Zeitpunkt, an dem Khalil Amira seine Geschichte vortragen sollte, rückte unerbittlich näher. Als der Kummer immer schwerer auf ihm lastete, beschloss Khalil, sich seiner Mutter anzuvertrauen.

Salwa hörte ihrem Sohn geduldig zu. »Nicht die Pflichten bekümmern dich, sondern Amira«, stellte die Mutter fest und fuhr fort: »Du hast dir eine Perle ausgesucht, mein Sohn. Amiras Schönheit ist in aller Munde. Jede Mutter wünscht sich ein solches Mädchen als Schwiegertochter.«

»Ich kann mir keine Geschichte ausdenken«, jammerte Khalil. »Mir fehlt die Ruhe.« Er legte seinen Arm um die Mutter: »Könntest du nicht eine Geschichte für mich erfinden?«

»Ich bin doch nicht Scheherazade, die Erzählerin aus Tausendundeiner Nacht«, suchte die Mutter die Erwartung zu dämpfen.

»Aber du kennst dich aus in der Dichtung«, schmeichelte ihr der Sohn.

»Ich werde nachdenken«, versprach die Mutter schließlich. »Wie viel Zeit bleibt noch?«

»Bis zum nächsten Vollmond«, antwortete Khalil.

Salwa blickte zum Himmel empor: »Es bleiben noch neun Nächte«, stellte sie fest.

Die Nächte verstrichen. Und als der Vollmond über dem Zeltlager stand und der Baum des Lebens darin zu erkennen war, rief Salwa ihren Sohn zu sich und trug ihm die Geschichte vom Meineid vor.

Der Meineid

Die Geschichte trug sich vor vielen Jahren in einem Dorf in der Nähe von Bethlehem zu. Das Dorf war von Oliven- und Aprikosenhainen umgeben, und Weinberge säumten die Hügel. Die Menschen lebten in Steinhäusern. Jedes Haus hatte eine eigene Zisterne.

In einem dieser Häuser wohnte die Familie des Bauern Jussuf. Dieser besaß einen großen Aprikosenhain, den er regelmäßig bearbeitete. Seine Aprikosen waren im ganzen Dorf begehrt.

Amineh, seine Frau, schätzte die Feldarbeit dagegen nicht. Sie war eine bekannte Schneiderin. Selbst Frauen aus Bethlehem suchten sie auf, um bei ihr Kleider nähen zu lassen.

»Meine Frau kann nicht einmal auf einen Baum klettern«, scherzte Jussuf, und Amineh gab zurück: »Mein Mann kann keinen Faden durch das Nadelöhr ziehen.«

Jeder der beiden ging seiner Arbeit nach und kam dem anderen nicht in die Quere.

Da die Bauersfrau nicht nur emsig, sondern auch sparsam war, legte sie eine Münze nach der anderen zurück. »Die weiße Münze ist für den schwarzen Tag«, pflegte sie zu sagen. Im Hof neben der Zisterne grub sie ein Versteck und versenkte darin den Krug mit ihren Ersparnissen. Ab und zu, wenn alle schliefen, überprüfte sie, ob ihr Schatz noch da war.

Im Laufe der Jahre gebar Amineh vier Söhne und drei Töchter. Die Söhne halfen dem Vater auf dem Feld, und die Töchter gingen der Mutter bei der Hausarbeit zur Hand und erlernten das Schneiderhandwerk. Nach und nach wuchsen die Kinder heran und heirateten, und Amineh blieb allein mit ihrem Mann.

Mit den Jahren wurden Aminehs Augen schwach. So sehr sie sich auch bemühte, sie konnte das Nadelöhr nicht mehr finden. So gab sie ihre Schneiderei auf.

»Wenn du vor mir stirbst, so brauche ich nicht mehr auf dem Feld zu arbeiten«, scherzte der Bauer, der stolz war auf seine tüchtige Frau.

»Frauen sind aber zäher als Männer«, gab die Bäuerin zurück.

Eines Tages, als seine Zeit abgelaufen war, starb Jussuf. Noch bevor die Trauerzeit vorüber war, zerstritten sich die Söhne und Töchter um das Erbe. Als es immer lauter im Haus wurde, schlug die Mutter vor, den Imam, den Vorbeter der Moschee, um Hilfe zu bitten. Nach der Freitagspredigt suchten die Erben den Imam auf und trugen ihm ihr Anliegen vor. »Ich werde mir den Aprikosenhain ansehen«, schlug der Imam vor.

Die Erben geleiteten den Vorbeter auf das Feld. »Jussuf war ein tüchtiger Mann«, erinnerte sich der Imam. »Seine Seele sei gesegnet.« Er schob sich eine saftige Aprikose in den Mund.

Mit großen Schritten durchmaß er das Feld in der Länge und in der Breite, zählte erst die Bäume und dann die Köpfe der Erben. »Vier Söhne und drei Töchter«, stellte er fest. »Und wie steht es um die Mutter?«

»Sie verzichtet auf ihren Teil«, gab der älteste Sohn zur Antwort.

»Eine Tochter erbt halb so viel wie ein Sohn«, stellte der Vorbeter klar, »so steht es in unserem heiligen Buch geschrieben. Ich teile das Feld in vier große und drei kleine Stücke. Den Söhnen stehen die großen Parzellen zu, die Töchter bekommen die kleinen.«

Und so geschah es. Der Imam markierte die Parzellen und teilte sie den Erben zu.

Zwei Jahre nach dem Tod des Vaters erkrankte die Mutter. Sie war mittlerweile erblindet. Nur wenige Tage später, als ihr die jüngste Tochter das Frühstück bringen wollte, lag sie reglos auf der Matte. Laut schreiend lief die Tochter aus dem Haus.

Die Geschwister und die Dorfbewohner eilten unverzüglich herbei, um die Tote zu betrauern. Während die Frauen die Leiche wuschen, suchten die Männer nach Hacken, um das Grab zu schaufeln.

Wie der Zufall es wollte, entdeckte der jüngste Sohn dabei den verborgenen Schatz. Er vergrub den Krug wieder und verlor kein Wort über den Fund.

In der folgenden Nacht, als alle schliefen, nahm er den Schatz heimlich an sich und vergrub ihn in seiner Parzelle am Fuße eines Aprikosenbaums.

Die ersten drei Trauertage verstrichen. Am vierten Tag versammelten sich die Söhne und die Töchter, um das Erbe der Mutter zu regeln.

»Unsere Mutter, Allah sei ihr gnädig, hat uns einen Schatz hinterlassen«, sagte der älteste Sohn und schaute in die Runde: »Hat die Mutter jemandem von euch erzählt, wo dieser Schatz verborgen ist?«

Alle schüttelten die Köpfe.

»Dann müssen wir uns auf die Suche begeben«, beschied der Sohn.

Die Erben stellten das Haus auf den Kopf und durchkämmten den Hof. Einer stieg gar in die Zisterne hinab, eine der Töchter kletterte auf das Dach und untersuchte den Schornstein.

»Du Dummkopf«, schimpfte ihre Schwester. »Unsere Mutter konnte doch nicht einmal auf einen Baum klettern, wie sollte sie das Dach erreichen?«

Die Suche war vergeblich, und Enttäuschung breitete sich aus. Misstrauisch beäugten die Geschwister einander, und jeder beobachtete den Schritt des anderen mit Argwohn. »Unsere Mutter war wachsam«, bemerkte der älteste Sohn. »Kein Dieb hätte es gewagt, ihren Hof zu betreten.« Er dachte nach. »Wir suchen den Imam auf«, beschloss er schließlich. »Er hat uns bei Vaters Erbe geholfen, vielleicht findet er auch dieses Mal eine Lösung.«

Und so geschah es.

Die sieben Geschwister trugen dem Vorbeter ihr Problem vor. Der Imam strich sich über seinen weißen Bart und dachte nach. »Die Angelegenheit ist verzwickt«, stellte er nach einer Weile fest. »Doch ich habe einen Vorschlag: Um das Misstrauen zwischen euch auszuräumen, soll jeder von euch einen Eid ablegen, dass er den Schatz nicht an sich genommen hat.«

Die Erben waren einverstanden.

Der Vorbeter hob drohend seinen Finger: »Ich mahne

euch, den Eid nicht auf die leichte Schulter zu nehmen. Wer beim heiligen Buch, dem Koran, schwört, muss die Wahrheit sagen.«

Der älteste Bruder nahm den Koran zur Hand und leistete seinen Eid. Die Brüder folgten ihm, und dann kamen die Schwestern an die Reihe.

Einen Monat nach dem Eid bemerkte der jüngste Sohn, dass einer seiner Aprikosenbäume Blätter verloren hatte. Er düngte den Baum und goss Wasser auf die Wurzeln. Doch seine Mühe war umsonst.

Wenige Zeit später erkrankte sein einziges Kind. Die Frau suchte eine Hebamme nach der anderen auf, doch keine konnte dem Kind helfen. Es wurde von Tag zu Tag schwächer.

Der junge Bauer, der den Anblick des kranken Kindes nicht ertragen konnte, begann, sein Haus zu meiden und verbrachte seine Zeit auf dem Feld. Sein ältester Bruder, der ihn unter dem verdorrten Aprikosenbaum sitzen sah, sprach ihn an: »Was ist mit deinen Bäumen los?«, wollte er wissen. »Hast du sie nicht genug bewässert?«

»Ich habe sie bewässert und gedüngt«, erwiderte der Jüngere.

»Ein krankes Kind und verdorrte Bäume sind ein schlechtes Omen«, bemerkte der Ältere. »Auf deinem Besitz scheint kein Segen zu ruhen.«

Der Jüngere senkte den Kopf und verließ den Hain,

ohne ein weiteres Wort zu sagen. In seiner Verzweiflung beschloss er, sich dem Imam anzuvertrauen.

»Hab ich euch nicht vor einem Meineid gewarnt?«, fuhr der Imam hoch, als der junge Bauer seinen Bericht beendet hatte.

»Was soll ich tun?«, jammerte dieser.

»Bring mir den Krug«, befahl der Imam barsch, »und rufe deine Geschwister zu mir.«

Der jüngste Sohn tat, was ihm der Vorbeter aufgetragen hatte. Der Imam zählte die Münzen und händigte den Erben ihre Anteile aus.

An den jüngsten Sohn gewandt sagte er: »Dir rate ich, keine dieser Münzen anzufassen. Durch den Meineid hast du dein Erbe verwirkt.«

Der junge Bauer senkte seinen Blick.

»Verteile die Münzen an die Armen«, empfahl ihm der Imam. »Allah möge dir in seiner großen Güte gnädig sein.«

Der jüngste Sohn tat, was ihm der Imam geraten hatte. Allmählich genas das Kind, doch die Aprikosenbäume blieben verdorrt. Dem jungen Bauern blieb nichts anderes übrig, als die Bäume abzuhacken und neue zu pflanzen. Es sollte Jahre dauern, bis die neuen Bäume Früchte trugen.

Amira und auch die drei Heiratsbewerber hatten jeder auf seine Weise die Zeit des Wartens verbracht. Sie alle hatten viel erlebt und gesehen und waren um manche Erfahrung reicher geworden.

Jeder der Bewerber wartete auf seine Chance, von Amira erwählt zu werden. Das Mädchen war nicht nur neugierig auf die Geschichten, sie wollte auch in Erfahrung bringen, ob die drei jungen Männer zuverlässig waren und ihr Versprechen hielten.

Als der Zeitpunkt des Geschichtenerzählens näherrückte, beobachtete Amira Abend für Abend den Mond. Als die Vollmondnacht nahte, legte sie das rot bestickte Kleid an, das sie von ihrer Mutter geerbt hatte, und wartete. Das Glück stand auf ihrer Seite, denn das Zeltlager hatte angesehene Gäste zu Besuch, und die Männer waren alle im Scheichzelt versammelt. Auch Amiras Vater gesellte sich zu den Männern, und so war sie allein im Zelt.

Der Vollmond erschien über dem Hügel und strahlte über das Zeltlager, als Amira ein Wispern vernahm. Das Mädchen lugte durch ein Zeltloch.

»Ich bin Nabil«, hörte Amira eine Stimme.

»Ich bin allein, tritt ein!«, forderte sie den Ankömmling auf.

Nabil huschte ins Zelt.

»Mein Vater ist im Scheichzelt, er wird nicht vor Mitternacht zurück sein«, beruhigte Amira den jungen Mann. »Das Warten hat sich gelohnt, du bist zuverlässig«, freute sie sich. »Lass deine Geschichte hören!«

Nabil nahm auf dem Teppich Platz und erzählte Amira die Geschichte von dem Wolfsfell. Mit gebannter Miene lauschte sie der Erzählung.

Als Nabil mit seiner Geschichte zu Ende war, erhob er sich und trat vor das Zelt. »Du wirst bald von mir hören«, versprach ihm das Mädchen zum Abschied.

In dieser Nacht lag Amira noch lange wach. Die Figuren der Geschichte kreisten noch lange in ihren Gedanken.

Am nächsten Morgen beim Frühstück erkundigte sich Amira bei ihrem Vater, wie lange die Gäste des Stammes noch bleiben würden.

»Noch zwei Nächte«, erwiderte Omar. »Das Gastrecht dauert drei Tage.«

Amira war zufrieden.

Nach Einbruch der Dämmerung empfing sie den zweiten Heiratsbewerber, Talal.

»Ich bin gespannt auf deine Geschichte, lass hören!«, ermunterte sie den Ankömmling.

Dieser wollte keine Zeit verlieren und nahm unverzüglich den Erzählfaden auf. Mit viel Hingabe trug er Amira die Geschichte von der Mutprobe vor.

Das Mädchen lauschte aufmerksam. Als Talal geendet hatte, verabschiedete ihn Amira mit dem Versprechen, ihm demnächst eine Botschaft überbringen zu lassen.

Amira war beeindruckt von der Zuverlässigkeit der Bewerber und wartete gespannt, ob auch der letzte sie nicht enttäuschen würde.

Khalil, der dritte Heiratskandidat, hielt ebenso sein Versprechen. Noch bevor Amira am folgenden Abend das Zelt aufgeräumt hatte, überraschte er sie.

»Komm herein!«, forderte ihn das Mädchen auf. »Ich weiß, dass du eine dichterische Begabung hast. Ich bin gespannt auf deine Erzählkunst.«

Und der dritte Heiratsbewerber gab seine Geschichte zum Besten. Er erzählte die Geschichte von dem Meineid. Amira bedankte sich und ließ auch Khalil wissen, dass er bald von ihr hören werde.

Während die drei Bewerber erleichtert, ihr Versprechen eingelöst zu haben, auf die Antwort warteten, kamen auf Amira harte Zeiten zu. Die Qual der Entscheidung lastete auf ihrer Brust. Mehr als einmal dachte sie voller Wehmut an ihre Großmutter. Doch dieses Mal hatte sie die Entscheidung allein zu treffen. Da sie an allen drei Geschichten Gefallen gefunden hatte, musste sie auf eine andere Lösung sinnen.

Einmal dachte sie daran, keinen der drei Bewerber zu heiraten, sondern nur Freundschaft mit ihnen zu pflegen. Ein andermal schien ihr eine Verlosung der Ausweg zu sein. Sie zog die Kette mit den drei Perlen heraus und ließ sie durch ihre Hand gleiten. Die blaue für Talal, die rote für Nabil und die grüne für Khalil. Doch ganz wohl war ihr bei diesem Gedanken auch nicht. Amira fragte immer wieder ihr Herz, welchem Bewerber es am meisten zuneigte, doch auch diese Vorstellung brachte keine Klarheit.

So verging ein Monat. Amira war der Verzweiflung nahe, und während sich das Mädchen mit der Entscheidung plagte, sehnten sich die drei Heiratsbewerber nach einer Botschaft. Schließlich verfiel Amira auf die Idee, alle drei Bewerber zu einem Treffen am Brunnen einzuladen. Vielleicht könnte ein näheres Kennenlernen die Entscheidung bringen.

Zum festgesetzten Zeitpunkt erschienen Nabil, Talal und Khalil. Jeder hatte sich fein gemacht, um dem Mädchen zu gefallen. Misstrauisch beäugten sich die drei Bewerber. Jeder bemühte sich jedoch, sich nichts anmerken zu lassen.

Die vier setzten sich auf den Brunnenrand und ließen ihre Beine in die Öffnung baumeln. Erwartungsvoll schauten die drei jungen Männer das Mädchen an. Amira begann zu erzählen, wie sie die Zeit des Wartens verbracht hatte, und Khalil, Nabil und Talal hingen an ihren Lippen.

Als Amira geendet hatte, verspürte sie Durst. Sie griff nach dem Seil, um den Wassersack aus dem Brunnen zu ziehen. Bei dieser Bewegung verlor sie das Gleichgewicht und stürzte in die Tiefe.

Ohne zu zögern, sprang Khalil ihr nach. Als Amiras Kopf an der Wasseroberfläche erschien, packte Khalil sie am Haarzopf, zog das Mädchen an sich und umklammerte sie. Dann suchte er das Seil zu erhaschen.

»Zieht uns hoch!«, keuchte er.

Nabil und Talal, fahl vor Schreck, zogen nach Leibeskräften an dem Seil.

Amira war kreidebleich und zitterte am ganzen Körper, als die beiden sie aus der Brunnenöffnung zogen. Khalil kletterte prustend über den Brunnenrand und begann sein Gewand auszuwringen.

Nabil und Talal reichten dem schlotternden Mädchen ihre Kopftücher. Das triefnasse Kleid ließ die Konturen ihrer Gestalt erkennen.

»Ich muss so schnell wie möglich zu meinem Zelt zurück«, entschuldigte sie sich und eilte davon.

Eine Woche nach diesem Vorfall fiel die Entscheidung. Amira ließ Khalil die Botschaft überbringen, sie habe ihn erwählt. Er habe Mut bewiesen, und zum Leben gehöre Mut.

Der junge Mann konnte sein Glück kaum fassen.

Ein Jahr danach feierten Khalil und Amira Hochzeit.

Es war ein rauschendes Fest, an das sich die Stammesbewohner noch lange erinnerten.

Und wie Khalil es sich erträumt hatte, betrat er als Amiras Bräutigam das Brautzelt.

Amira. Prinzessin der Wüste

»Amira« bedeutet Prinzessin, und Amira ist schön wie eine Prinzessin. Vierzig junge Männer möchten sie heiraten. Die Großmutter rät ihr: Wähle den, der die schönste Geschichte erzählt.

Die Feuerprobe

Salim Alafenischs Stamm in der Negev-Wüste wird von einer Nachbarsippe des Mordes verdächtigt. Der Vater, der Scheich des Stammes, willigt in die radikalste Wahrheitsprobe ein: die Feuerprobe.

Die acht Frauen des Großvaters

Wenn das Tagewerk vollbracht ist, ruft die Mutter ihre Kinder ums Feuer und erzählt ihnen Geschichten vom Großvater, dem mächtigen Scheich. Acht Nächte lang erzählt sie von seinen acht Frauen, von Glück und Sorge, Streit und Versöhnung.

Das Kamel mit dem Nasenring

In einer stürmisch-rauen Winternacht hält der Stammesälteste die Zeltbewohner mit einer Geschichte wach. Sie ist länger als ein Kamelhals, denn es ist die Geschichte dieses Beduinenstamms, der in unserem Jahrhundert große Umwälzungen erlebt hat.

Der Weihrauchhändler

Salem lernt die schöne Soraya bei der Getreideernte kennen. Sie tauschen Blicke, Botschaften und Geschenke und treffen sich heimlich am Brunnen. Doch nach der Ernte kommt der Abschied.

Das versteinerte Zelt

Der alte Beduine Musa wurde er in der Zeit der Kamele geboren, in der Zeit der Zelte wuchs er auf, und nun soll er den Rest seiner Tage in der Zeit der Steine verbringen: Sein Stamm will die schwarzen Zelte aus Ziegenhaar gegen Steinhäuser eintauschen.

Bücher fürs Handgepäck
Reise in die Innerschweiz (UT 513)
Reise nach London (UT 512)
Reise nach Belgien (UT 511)
Reise in die Emirate (UT 510)
Reise auf die Kapverden (UT 509)
Reise nach Kanada (UT 508)
Reise auf die Malediven (UT 507)
Reise nach Norwegen (UT 506)
Reise nach Indonesien (UT 476)
Reise nach Hongkong (UT 475)
Reise in die Toskana (UT 474)
Reise nach Argentinien (UT 473)
Reise nach Kreta (UT 472)
Reise in die Sahara (UT 471)
Reise nach Island (UT 470)
Reise nach Japan (UT 469)
Reise nach Myanmar (UT 443)
Reise ins Tessin (UT 442)
Reise nach Mexiko (UT 441)
Reise in die Provence (UT 440)
Reise nach Ägypten (UT 439)
Reise nach China (UT 438)
Reise nach Indien (UT 423)
Reise nach Marokko (UT 422)
Reise in den Himalaya (UT 421)
Reise in die Schweiz (UT 420)
Reise nach Bali (UT 401)
Reise nach Thailand (UT 400)

Rafael Sabatini Der Schwarze Schwan (UT 529)
Emilio Salgari Sandokan (UT 528)
Jörg Juretzka Alles total groovy hier (UT 527)
Petra Ivanov Stille Lügen (UT 526)
Jørn Riel Arluks große Reise (UT 525)
Salim Alafenisch Amira. Im Brautzelt (UT 524)
Alai Ferne Quellen (UT 523)
Yaşar Kemal Der Granatapfelbaum (UT 522)
Raja Shehadeh Wanderungen durch Palästina (UT 521)
Tschingis Aitmatow Frühe Kraniche (UT 520)
Galsan Tschinag Der Wolf und die Hündin (UT 519)
Nury Vittachi Der Fengshui-Detektiv im Auftrag Ihrer Majestät (UT 518)
Jean-Claude Izzo Aldebaran (UT 517)
Hannelore Cayre Das Meisterstück (UT 516)
Claudia Piñeiro Elena weiß Bescheid (UT 515)
Sefi Atta Sag allen, es wird gut! (UT 514)
Friedrich Gerstäcker Die Flusspiraten des Mississippi (UT 505)
Charles Sealsfield Häuptling Tokeah und die Weiße Rose (UT 504)
Petra Ivanov Kalte Schüsse (UT 502)
Nagib Machfus Karnak-Café (UT 501)
Tschingis Aitmatow Dshamilja (UT 500)
Mahmud Doulatabadi Der Colonel (UT 499)
Domingo Villar Wasserblaue Augen (UT 498)
Garry Disher Beweiskette (UT 497)
Salim Alafenisch Amira. Prinzessin der Wüste (UT 496)
Raúl Argemí Chamäleon Cacho (UT 495)
Pablo De Santis Die Übersetzung (UT 494)
Jörg Juretzka Der Willy ist weg (UT 493)
Laurent Quintreau Und morgen bin ich dran. Das Meeting (UT 492)
Galsan Tschinag Der singende Fels (UT 491)